Quotes from Lwoavie。2

字討苦吃

自ら求めて苦労をする

I Deserve It

10th Anniversary

孤泣 _____ 作品

序

孤泣十周年作品選。

就這樣，過了十年。

好吧，就如寫小說一樣，一句說話，已經是十年，這十年你又做過甚麼？遇上甚麼人？有甚麼改變？

從我出版第一本書籍時，已經在每一章故事中寫入句子，還有，每天都會寫出一兩句孤泣的語錄，十年過去，這個習慣從來沒有改變，回頭一看，我已經寫了超過十萬字以上的句子。

別以為寫出一句「有感覺」的句子是一件很簡單的事，有時，我需要聽著歌，把自己走入另一個世界之中，可能是痛苦、可能是崩潰、可能是快樂、可能是慶幸、可能是不幸的世界，我才可以寫出一些讓人有領悟、有共鳴、有感覺、有意思的句子。我有試過，坐在電腦前兩三個小時，還沒想出一句當天心情的句子，的確，有時寫金句比寫小說更花時間。

而且，有時還會因為回憶而出現了痛苦，甚至流淚。

你終於明白了，為甚麼書名叫《字作自受》、《字討苦吃》？

的確，我總是「自作自受」、「自討苦吃」。

不過，我知道，是值得的。

「你有沒有曾經被孤泣的句子感動過？」

我相信會看這個「序」的你，就是其中一個被感動過的人。

正好今年是我寫作的十周年，所以我決定了出版「孤泣語錄」紀念集，用來記錄著這過去十年的人生、過去十年寫過的句子，同時，也記錄著你的人生。

當有一天，你在生活中，因為不同的原因而感覺到痛苦，請隨手揭開一頁，你會找到一句適合你的句子，或者，不能給你答案，但可以讓你得到領悟與產生共鳴。有時，由自己領悟，比直接給你答案，更能讓你成長。

隨手揭就可以？對，因為，這就是⋯⋯「緣分的法則」。

如果，要我在十數萬字中，找出一句最喜歡的金句，我現在，想起了一句。

「沒有你，沒有我。」

孤泣 字
4/2019

FEB RU ARY

所有新的故事，都是由失去後開始。

我給你的位置只有一種，就是一直收藏在我心中。

我寧願跟喜歡的人做不喜歡的事，
也不想跟不喜歡的人做喜歡的事。

誰又會想到，那天偶然碰上你的名字，
往後會發生這麼多故事。

你可以是很貴，也可以是免費，由你自己定位。

只是不想傷害自己，才會不能讓你知道我喜歡你。

「失去他，別人擁有他。」
捱過這兩步，以後會變好。

凡關係不能得寸進尺，你就要懂得點到即止。

「為甚麼他愈是無恥卑鄙，你愈是沒法放棄。」
傷害自己。

別要再沉迷，把他當成朋友聚會的話題。

不用你提醒也會想念你的人，才是愛你。

最好的關係，會在最後才會出現。

「他看不見你的在乎，所以不愛你，
他看得見你的在乎，所以不愛你。」
前者？後者？

有些關係不用勉強，愈是勉強愈會受傷。

將他變成最愛之前，你首先要讓自己值得人愛。

總有一些關係，要用失去來證明它的珍貴。

一個人寂寞，總好過，兩個人不快樂。

不是他的錯，只是你無條件付出太多。

你等待一個人時不只是在等待一個人，
你要在等的時間內讓自己變得更吸引。
別要太過習慣期待，這樣會少一點傷害。

不是要你不再在乎，只是想你不再痛苦。

或者，不能多愛一天，至少，慶幸曾經遇見。

你假裝快樂已經很久了，都是因為沒人發現你的痛苦。

通常喝醉後會想起的人，不只在喝醉時才會想起。

你明明最愛的就是自己，你竟然比自己還要愛他？

為甚麼被他放棄之後，還要苦苦哀求做朋友？

還未出現新的，才會想念舊的。

就是因爲，他的世界不缺你，你才覺得，你的世界只缺他。

其實不是不想做回知己，只是害怕再次傷害自己。

所有新的故事，都是由失去後開始。

說起某個星座，你立即聯想起的人，
不是很重要，就是超討厭。

很遺憾，根本不同層次，我們連敵人都做不到。

你就是死在覺得永遠看不懂那個人，
然後傻傻地覺得他很吸引。

我喜歡……我發呆看着別處時，你看着我的眼神。

11

既然事實沒法改變，你就當做逃出生天。

記不記得最難捱的那晚，是怎麼過的？

舊情愈吸引，我愈要抽身。找個原因。

有時太痛要離開趁早，總好過忍痛原地踏步。

他的名字成為，你的心事，你的心事埋藏，他不會知。

曾經，你為他虐待自己，有天，你便會謝天謝地。

你在貪戀得不到的東西，卻未必是你想要的關係。

你放下但你仍會懷念，你忘記但你還有回憶，
你復原但你留有疤痕，你痛過但你贏了經歷。

is the second and shortest month of the year in the Julian and Gregorian calendar with 28 days in common years and 29 days in leap years, with the quadrennial 29th day being called the leap day. It is the first of five months to have a length of fewer than 31 days (the other four months that fall under this category are: April, June, September, and November) and the only month to have a length of fewer than 30 days, with the other seven months having 31 days. In 20?? February has 28 days.

我沒法給你中立的意見，都只因永遠站在你那邊。

有時不是不相信愛情，只是上個還留有陰影。

誰會明白，不找你的原因，是因為不知道你想不想我找你。

當你過得不好，會否讓我知道？
但你過得很好，別要跟我透露。

你過得好不好……不再是我的煩惱。

你要假裝堅強到甚麼時候？你本應要走，但不肯放手。

他在想甚麼你並不知道，殘忍的答案你心有分數。

利用回憶繼續愛他，只需牽掛不需說話。

13

我們當然不能回到過去，但是回味也是相當有趣。

沒有人會真正了解你，因為你根本對誰也不一樣。

你要知，很喜歡就堅持，想開始就嘗試，
只適合那個人對你有一點意思。

多年以後，別人提起我時，
你微笑說一句：「對，我也愛過他。」
足夠了。

相遇過好過錯過。

如不想一直跳掣，就別要一直獻世。

有種感覺是……「因為沒法得到，所以放大了好。」

不用別人提起，也不會因此忘記，
曾經的自己，曾經，那一個你。

只要認定了是朋友，就沒必要隱藏自己的名字。

別再人前失禮，別再無知獻世。

你當然可以一直念舊，一直逗留，
一直死守，卻別妄想，一切如舊。

自制能力過低，慾望太高；
想擁有的太多，能力不足。

犯錯的人不少，犯賤的人更多。

爲何變得愈來愈孤獨？都只因你愈來愈盲目。

因爲喜歡你，才沒法收起，那一份自卑。

通常愛都隱藏在細節之內，
但並不是每個人都看得到。

縱使是身不由己，你還是眞正的你。

眞有趣，別人是避免愛上不愛自己的人，
而你卻總是愛上不愛自己的人。

有時恰到好處的關係，需要時間年月的洗禮。

好看的肉體很多，有趣的靈魂太少。

總有天，你不再怕聽到他的消息，
他也不再成爲你的話題。

有時盡力卽可，再多就是折磨。

遺憾是，在最後沒一起，
但至少，炫耀過擁有你。

明明不會愛上那一種人，偏偏你卻愛上那一個人。

你總會想過，別人提起你的名字時，他是甚麼反應。

曾經愛過的人，總會愛上別人。

當我問你有沒有想我時，其實是問的人正在想你。

也沒甚麼可惜不可惜，只不過太多你的回憶。

你知道嗎？ 18 歲、28 歲、38 歲，
一年的長度，是不同的。

我們就算不可能一齊，也不想放棄這種關係。

有時，痛苦是因為，
你在追求別人喜歡的東西，而不是你自己喜歡的。

放下就是，突然想起，原來很久沒想起你了。

無論現在有多不捨得，還是會有放下的一日。

你早晚會醒覺，不聯絡你的原因，是爲了斬草除根。

「或者，應該要謝謝你，讓我知道，凡事都總有限期。」
然後，學懂放棄。

有些時候，覺得可以天長地久，
有些時候，又會想到應該放手。
有些時候，我們都會很想擁有，
有些時候，又會想一個人就夠。

有時，你現在經歷的傷痕，
才是你未來的救命恩人。

成長就是，甚麼也沒忘，只選擇收藏。

老實說，第一眼你就喜歡的人，通常不會喜歡你。

如要死心，你先要對自己殘忍，才能重新，重生。

請捱過抱着手機等待回覆的日子，
然後，重新開始。

對着沒可能的關係，
不用太認眞這回事，你學習了多久？

就算最後甚麼也拿不走，
至少，請拿回你最後僅有的一點尊嚴。

不怕想起，卻不會忘記，
曾經的你，還有，當時的自己。

如非深愛，何需花心思讓你知我依然存在？

偶然寂寞來襲的時候會想起他，
但再也沒有執著到非君不嫁了。

當對方做任何事，放任何相，
也覺得跟自己毫無關係，是時候放低。

你一直放出快樂的相片，
有沒有某程度是想跟某人說：「沒有你，我也過得很好。」

「別要再窺探那人的生活模式，
然後想找到自己的蛛絲馬跡。」
要懂得心息。

「有時是要過了很久，才可接受，那一個接近侮辱的，分手理由。」
時間久，不代表，不能夠。

你真的不覺得嗎？其實，在這城市生活，
有些關係，多多少少都有點假。

或者從自己角度出發，你會找到釋懷的方法。

你最多只是我的過去，但你至少也是我的故事。

人生至少經歷一次，為了別人失去自己，
痛到想死，哭到斷氣，
然後，重新開始呼吸新鮮空氣。

我選擇用曾經喜歡過來作為故事的總結。

「就算你每一步都求神問卜，也未必會是你想要的結局。」
隨心，最幸福。

哭要哭到淋漓盡致，重新開始才有意思。

放下就是⋯⋯ 你還在我心中，卻不會再心痛。

贏盡掌聲的輸，才是真正的贏。

這次不能在一起，下個一世再愛你。

或者，現在你會說失去了，
但總有天，你會說過去了。

謝謝你曾經在我生命中出現，
願你幸福在沒有我的每一天。

無意義的討好，只會死得更早，你真心不知道？

你問我喜歡你甚麼？我就是喜歡你只愛我一個的樣子。

不是每個人都願意珍惜你，所以你要嘗試學懂愛自己。

跟誰也可以對答如流的你，偏偏不太知道，
那個沒意思的符號之後，應該要回覆甚麼。

「自立之前，你必先經過自虐。」
這就是成長。會好過來。

別誤會，有些人，
從來也不是在等你，只是在等自己心死。

只有一種資格，就是對抗誘惑。

緣份會讓最適合的人留到最後才遇上。

他只是一時興起，你何必死心塌地？

離開後，做不回朋友不是小氣，
只是不想再傷害自己。

每個回不去的故事，也有屬於它的意義。

有天當你，沒再強求這麼多，
你會發現，生活還是這樣過。

找一個陪你哭的人，好過千萬個和你笑的人。

學會自己承受痛楚，才替別人分擔傷勢。

雖然，未能走到最後，
然而，回憶已經足夠。

你不需要人安慰，你就是你自己的一切。

生活，是自己的選擇，
快樂，是自己的想法。

有些沒結果的故事，也會被寫在對方的心裏，足夠了。

那種死纏爛打的人，
未必是真正的愛你，只是輸掉而不甘心。

或者，有一種愛的方法，不去勉強同時不會放棄。

如果決定了做一世朋友，那就別奢望做一秒情人。

世界上沒有東西是應份的，
但只要肯努力，還是會有人應份地把愛送給你。

你知道嗎？拒絕曖昧的原因，
就是要找到一個同樣拒絕曖昧的人。

其實，戀愛就如推理一樣，總會出現漏洞，
我就在這漏洞中，把我的心放進去，同時，把你的心拿出來。

你覺得人會有完美嗎？
所以你除了愛他的優點還愛缺點。

我們的關係不是情侶，但比情侶更真誠；
沒有曖昧，卻比曖昧更快樂，
就算只有我一個是這樣想，我也覺得非常幸福。

通常，你問我愛你甚麼我總是答不出來，
只因，你優點很少、缺點太多，但我卻深深愛上你。

當他愛你多於你愛他時，通常這個人都很好欺負，
不過，記得欺負完後，要更加愛錫他。

最痛苦是⋯⋯沒有拒絕，也沒有接受。

又或者⋯⋯一個人的一廂情願，
總好過⋯⋯兩個人的兩敗俱傷。

用時間慢慢地接受一個愛你的人，
總好過固執地愛一個不愛你的人。

他的痛苦完全與你無關，你⋯⋯更痛苦。

世界上，可能，只得我，
祝你幸福同時，感覺到……幸福背後的痛楚。

有種同情，比冷嘲熱諷更可怕。

在這個大城市中，薄情的人不少，負心的人更多。

愈是不斷說出承諾的人，通常愈是不能兌現承諾。

找個理由，重新開始；
找個藉口，到此為止。

你猜誰捅你一刀最痛？答案是你最熟悉的人

他的謊言達成目的，變成諾言；
他的諾言半途而廢，變了謊言。

忍耐、寬恕、善良，
最後反而成為你埋怨的原因，你說可不可笑？

如果，決定要走，請別回頭。
優柔寡斷會讓人柔腸寸斷。

用甚麼身份關心一個人？
想了一想，原來甚麼也不是。

不去愛你是因為我太過愛你；
不去等你是因為我太會等你。

有些人，會因為痛苦而發奮圖強；
但如果做不到，別放大你的痛苦。

其實，我很想你知，我很想你。

別再埋怨做錯甚麼，他總是每事看不過眼，
其實你沒做錯甚麼，他只是不再愛你罷了。

有人說，人對人的好感只需要七秒；
如是者，他與她的痛苦可維持一世。

我只不過是路過，最後變成了愛錯。

為不愛你的人痛苦，你果然是專家。

我們相愛……漏了一個最痛苦的字……「過」。

我們還是好朋友。
嗯，很貼心。嘿，很虐心。

有時，痛苦很難隱藏，
閉上嘴巴盡量不說，卻從眼神流露出來。

你有試過，為喜歡的人有喜歡的人而痛苦嗎？

每個人，都有屬於自己的過去，
屬於自己的痛苦。

沒有歷史、沒有故事，
只因，從來沒有開始。

有種痛苦是，為了別人做一件認為重要的事時，
別人卻不覺得重要。

只想，再沒有期待；
不想，再沒法期待。

他只是喜歡你喜歡他而不是喜歡你，
你只是喜歡他不喜歡你才更喜歡他。
等待，不會換來相愛，只會繼續等待。

你答不到的一條問題。你不斷付出，其實，爲了甚麼？
好吧，你答到了，那請問，你還要付出到……甚麼時候？

通常是，消失後才知道存在，痛苦後才了解快樂。

別總是把傷口打開給別人看，他們不是醫護人員，
他們只會暗暗在背後可憐你，甚至取笑你。

其實，他喜歡美貌，她喜歡甜言；
然後，她學會化妝，他學懂說謊。

有時，寧願當個快樂的配角，
也不想做痛苦的主角。

有些人，只會用讚美的方法取悅別人，
這些人，通常也得不到自己取悅的人。

有時候，要去到非常絕望，
才會發現，原來還未死去。

誰不是由「陌生人」開始？
來！走出你的第一步！

傻了嗎？放不下那段感情？
正確來說是，你不肯放過自己！

戀愛時間長度：白頭到老＞離婚收場＞
宣告分手＞無疾而終＞從未開始

偷情就好比 Qwerty 密碼一樣，以為沒人知？
其實人人懂。

別忘，要珍惜能讓你快樂的人；
縱使，不是跟你走到最後的人。

別讓歪理潛移默化；未來真理變得可怕。

只因，經歷過太多傷勢，才會，最後選擇了實際。

別要傷感，其實你單身，是給機會全世界所有人。

喝醉，第一個你想起的人，叫你愛的人；
生病，第一個照顧你的人，叫愛你的人。

愛情，就如一場互相偷心遊戲，
最後勝利，不是誰被偷心，而是誰沒變心。

大致上，都是友情轉成愛情；
小部份，可以愛情變回友情。好好珍惜這小部份。

成熟，只因，我路上遇見的壞人……比你多。

任何領域，只要練習 10,000 小時，
就會變得出類拔萃……除了愛情。

要終止愛上一個不愛你的人，是由你，不是由他。
想佔有你的人，通常先保護你。

通常在你錯過了之後才知道錯過了甚麼。

喜歡的不說出來，不喜歡的又不放棄，這叫愛情。

你可以放棄一段愛情，卻不能抹殺一段故事。

你投資在別人身上，會得到不錯的愛情；
你投資在自己身上，會得到更好的愛情。

當有大多數的人討厭你時，總有小部份的人，喜歡你；
當有大多數的人喜歡你時，總有小部份的人，討厭你。

有甚麼東西，明明是自己的，卻放着別人的東西？心。

一天時間，你用了一半來想他，
另一半，用來想他有沒有想你。

你一定很累。我為甚麼會累？
因為你……一直在我腦海中走來走去。

先問自己值不值得，才問自己捨不捨得。

我似乎可能或者大概估計也許好像愛上他了。
——用雙重或多重肯定來加強肯定，不如四個字……勇敢示愛。

最好的不到你擁有，但對你好的總會出現。

也許，妳可以取悅他，不過，妳不能取代她。

也許太多，一生承諾，多數也是，一時感覺。

有些人不能完全擁有反而更加的喜歡。

讓他永遠都得不到你，就是另一種擁有。

也許那個你最想擁有的人，
反而是你最不應接近的人。

也許，珍惜二字，已經聽過數百遍，總有種乏味……
不過，我們都是需要不時提醒的蠢東西。

徘徊在放棄與堅持的時間，
也許，多過你愛他的時間。

人騙到床上的，可能只是一句我愛你，
把人推至崩潰的，也許只是一句對不起。

要走，讓你自由，是種溫柔；
然後，學會放手，不再擁有。

請別做某人替補，你值得擁有更好。

在你心中，你等待的人是眼淚；
在他心裏，等待他的人是笑話。

或者，不懂珍惜，失去後會痛，
不過，懂得珍惜，失去後更痛。

他已入侵屬於你的生活，你卻不能跟他一起生活。

自私、野蠻、任性，也比不上……犯賤。

經歷過多少次心痛，才可換來了心淡？
領略過多少次自卑，才會埋沒了自尊？

心是我的，裝的是你；痛是我的，傷的是你。

曾狠心，那天說一句再見；
再不能，每晚說一句晚安。

有些人，找不到，還好，
有種人，不能找，更糟。

我走着你走過的路，沒有更接近，卻是更遙遠。

若要尋覓真愛，必先經歷錯愛。

沒有情人的情人節，
最能感受到情人節的氣氛。情人節快樂。

把你擊倒的人，記得，要讓他看到你再次爬起來。

一直相信了很久很久的童話故事，
總有一天會被很愛很愛的人擊破。

有一種「我很好，別擔心」，
其實代表「我不好，擔心我」。

通常教會你甚麼是愛的那個人到最後也不會愛你。

通常是：不做自己後悔的事，要做就要做讓別人後悔的事。
但最後：不做傷害別人的事，不做但卻無意中傷害了自己。

就算是善意的謊言，
揭穿了，還是會很傷害別人的。

通常，可以傷害我們的人偏偏就是我們喜歡的人，
自討苦吃是一種習慣。

有些人，就算你傷害自己也絕不會留下；
有些人，就算你留下只會等於傷害自己。

或者可能，一個多愛你的人，也比不上，一個傷害你的人。

等待、一直等待……
其實，你知道自己在等甚麼？
最重要的是……爲甚麼要等。

在開始之前讓故事完結……是最刻骨銘心。

一見鍾情的感覺，是錯覺？直覺？幻覺？
還是不知不覺？

或者，忍心拒絕你；只因，不想傷害你。

通常，不自量力的人總是信心十足；
通常，自作多情的人總是死心不息。

別經常對男朋友說：「我要反對！」
別經常對女朋友說：「妳要反思！」

電視機不夠大聲？
不用按大聲，反而要按細聲，
大約十秒，你按回剛才的音量就可以了，
萬試萬靈。——你明白如何對付他了嗎？

通常，相愛前，會因朝夕相對，而日久生情；
有時，相愛後，會因朝夕相對，而日久生厭。

有時，寧願得不到假裝不想要，
也不會死命糾纏直到死心。

有時，在 Facebook 上看到某人不斷改變 Status，
總是覺得那人是想給唯一某個人看到。

望穿秋水還不如暗藏着迷，守株待兔總好過勉強一齊，
寧缺勿濫這才是最高智慧，一生不變將會是最終課題。

沒有人懂得欣賞你也好，你更要有自信；
沒有人能夠看穿你也好，你更要懂裝傻。

有時，有些事一開始可能是錯；
不過，這些事也許會變成是對。

有時，被搶走了，更好。

假如，你只懂檢控而不懂檢討；
假如，你只會縱容而不會寬容；
假如，你只想支配而不想支持，你不懂甚麼是愛。

我們最愛說：「從前總是最好的！」
有時，不是從前眞的很好，只是那時我們還年輕。
我們最愛怨：「現在生活眞辛苦！」
有時，不是現在眞的很苦，只是現在我們不知足。

想得太多，腦海中出現數百可能，
最後，都會出現一個你猜不到的結果。
不過，如果，只想，不做，最後結果只有一個。

February is the third and last month of
meteorological winter in the Northern
Hemisphere. In the Southern Hemisphere,
February is the third and last month
of summer (the seasonal equivalent of
August in the Northern Hemisphere, in
meteorological reckoning).

A
PRIL

睡覺前，寬恕所有人，別忘記，還有你自己。

明知沒有可能，習慣收藏在心。

你總是吸引不喜歡的人，
你真不知道是甚麼原因？

the fifth in the early Julian, the first of
our months to have a length of 30 days
and the second of five months to have a
length of less than 31 days.

你有沒有試過喜歡到不能不放手？

不想就此失去你，才會不提想一起。

貪新，不一定就可換新，
念舊，不代表一切如舊。

你會找到比我更有趣的人，
並不代表會找到比我更愛你的人。

你明明就很想念他，但偏偏就等他找你。

你忍着不去主動找他，卻在等一句最近好嗎。

有些人，
放棄不是因爲知情識趣，放棄只是懂得知難而退。

「你是否又爲了誰，而沒法好好入睡？」
又……

或者你不是他的需要，最後未開始就完結了。

過去的他你還不斷提起，後來的人又能怎樣愛你？

如要對一個人長久心動，方法就是不去勉強擁有。

想念不需要他知，喜歡不一定嘗試，
某種距離總有它的存在意義。

不需要刻意去找話題，靜靜陪伴就是最好的關係。

後來，我總算過得不錯，
前提，要曾經捱過痛過。

有種關係是互相想起，互相掛念，
互相不知道，然後互相不聯絡對方。

只要你甘心接受只能做朋友，
那段關係就會變得無欲無求。

the fifth in the early Julian, the first of
four months to have a length of 30 days
and the second of five months to have a
length of less than 31 days.

如果你覺得我是很好騙，我就認眞繼續看你表演。

爲甚麼要放下從前，才能重新開始？
不放下從前也可以重新開始。

女友和小三掉入海，你會讓誰先死去？

被一個傷，爲一個痛。

不經意就能傷害你的人，不是他殘忍，而是你多心。

你要知道，看心情回不回覆你的人，不值得你等。

有些人會用一個沒有人知的方式去愛着另一個人。

你覺得……
讓他愛上你比較容易？還是讓自己死心簡單？

不是當初愛得不夠深，就是還想留着朋友的身份。

「難過時找我吧。」
就算你說得如何認真，事實是心知不會發生。

如果對象是他，你跟單身有甚麼分別？

April is commonly associated with
the season of autumn in parts of the
Southern Hemisphere

就算明知到最後會失去，也是愛過一個人的證據。

and spring in parts of the Northern
Hemisphere, where it is the seasonal
October in the Southern
and vice versa.

睡覺前，寬恕所有人，
別忘記，還有你自己。

你是從結果中尋找方向，你是從失敗中慢慢成長。

我們只不過是，活在別人設計的世界。

the fifth in the early Julian, the first of 明明你就只是心有不甘，have a length of 30 days, 偏偏你就愛上這個賤人。of five months to have a length of less than 31 days.

見到已經不愛的前度，拖着一個比你醜的人，
心中會暗爽。

傷口不痛，不代表，忘記受傷過程。

有些人，可以愛過很多人，
只因他們學懂了你不懂的……放下上一段感情。

回憶，總會教懂你甚麼才是幼稚，
離開，總會讓你明白失去的意義。

承認自己曾經心有不甘，才能放過自己重新做人。

你流下了眼淚，也留下了故事。

為甚麼你的事隻字不提？都只因已習慣埋藏心底。

會想着他正在做甚麼，會想着他有沒有想我。

世界對你殘忍是常理，問題在你放棄你自己。

為何你總是會心有不甘？只因你把過去抱得太緊。

April is commonly associated with the season of autumn in parts of the Southern Hemisphere,

你擅長了解如何安慰別人，都只因你曾試過虐待自己。

and spring in parts of the Northern Hemisphere, where it is the seasonal October in the Southern and vice versa.

明白，每晚都很難捱，
其實，上天早有安排。

他就只當是一場遊戲，你又何必要賠上自己？

如果，擇了分手的日子，能否提早話我知？

爲甚麼，你總是看錯人？
都只因，你對誰都認眞。

the fifth in the early Julian, the first of four months to have a length of 30 days, and the second of five months to have a length of less than 31 days.

你犯了法，當然會得到應有的懲罰，
但你卻是犯了賤，你在懲罰你自己。

你關注他的近況也算了，你偸看他喜歡的人幹嘛？

儘管，我不能跟你走到最後，
至少，有一秒讓你後悔分手。

有些時候，你的腦是不會明白你的心在想甚麼。

如果有一件事很多人都在做，
你不做，並不代表你錯。

敢說了嗎？「曾經，很喜歡你。」是曾經。

有些人，喜歡就可，想擁有，無謂想多。

你爲了勉強在他世界生存，
決定繼續無條件爲他心軟？

你要分清楚，你付出幾多，
都是感動，而非心動。

你是在做你自己？還是別人想看到的自己？

如能做到不拖不欠，誰又願意互相糾纏？

April is commonly associated with
the season of autumn in parts of the
Southern Hemisphere,

究竟，你要到甚麼時候，
才能來一杯沒有他的酒？

and spring in parts of the Northern
Hemisphere, where it is the seasonal
equivalent to October in the Southern
Hemisphere and vice versa.

無論，你付出幾多，有些人只會當你路過。

別要害怕失去，懂得知難而退。

得到了未必最風光，得不到反而更難忘。

生命，當然是屬於你的，
但同時，也是屬於愛你的人。

the fifth in the early Julian, the first of four months to have a length of 30 days, and the second of five months to have a length of less than 31 days.

不是不再在乎，只是不再痛苦。

很有趣，有些先放棄的人……後來才痛。

如果要，由地獄重回人間，
要接受，我此生與你無關。

無論，你用多少錢，也買不走……人情味。

選擇絕情離開的人，大致都不擅長告別。

縱使和你沒有完美結局，也請和他一路過得幸福。

有沒有試過，看到他相片下那一句文字，
心中在想：「是不是跟我說的？」

「沒關係，等待他都只因着迷，
哪怕，別人說你把時間浪費。」
自己覺得是值得，就是值得了。

能夠成為朋友，是幸運，不能妄想擁有，是命運。

「放心，我知最初你一直都在假裝堅強，
然後，你會被迫到堅強成為你的專長。」
這就是成長。

眼淚，為他而流，叫迷失，
眼淚，為自己而流，才叫值得。

這些時候，還要痛多久？
放心夠痛，自然會放手。還未放手？還未痛夠。

想念你是一種習慣，忘記你要一點時間。

別忘記，你記得有多深，
不代表，別人就要着緊。

「你是否習慣以朋友的身份，愛着那個自己喜歡的某人？」
說透，得不到。

有種關係是，你痛苦時，我在你身邊，
你回復後，我可不用見。

the fifth in the early Julian, the first of
four months to have a length of 30 days,
and the second of five months to have a
length of less than 31 days.

就這麼簡單？就這麼簡單。

就算我有無數敵人，你也選擇跟我交心。

有裂縫有傷痕，光，才可透進來。這就是成長。

沒甚麼，只不過是，
有些人離開了就不眷戀，有些人離開了會更想念。

無論你有沒有偶然想起我，我沒後悔跟你曾經深愛過。

寂寞，自己享受夠了，別人，你就無謂打擾。

你要弄清楚，你想念的人是他，他想念的人是他。

「既然盡過力卻沒結果，就要懂得無謂想太多。」
不是，你的錯。

遇上你的一秒開始，成為糾纏一世心事。

他以為你是突然找他，其實你一直想他卻沒找他而已。

「別人輕鬆把你遺忘，你卻用力放在心裏。」
傻瓜。

April, commonly associated with
the season of autumn in parts of the
Southern Hemisphere,

誰也經歷過痛楚，誰也曾受過折磨，只是人生的經過。

and spring in parts of the Northern
Hemisphere, when it is the seasonal
equivalent to October in the Southern
Hemisphere and vice versa.

「你知道嗎？一個人對自己有多重要，
才會做很多希望對方快樂的事呢？」
你……真的知道嗎？

最幸福的事情不是你擁有全部，
而是你渴望的都恰好在你身邊。

53

「有時想，我的世界，不需要太多人懂也可以呢。」
誰也有權擁有屬於自己的世界。

「多年以後，跟朋友聊起我時，
願告訴他們⋯⋯你也曾經愛過我。」
要笑着說的。

無論有沒有在一起，有些生日日期，不會忘記。

想找你，不代表，要找你。
不找你，不等同，不想你。

比她美麗的多不勝數，比他有錢的多如繁星，
但⋯⋯誰比他更愛你？

你是不是⋯⋯很怕想起他會痛，又很想他想起你？

他的那句說話、那張相片、那個比喻，
是不是對自己說的？然後，你又想了一個晚上。

「那件明知未必會着，還是要買的衫，
那個明知沒有結果，還是要愛的人。」
其實，你知道自己真正需要甚麼？

看一萬句說道理的句子，也不及自己跌一次。

你未見過我曾經認眞時輸得有多慘，
所以寧缺勿濫，選擇孤單。

你有發現嗎？不敢正視你的原因，
是因爲我怕每個眼神都在說……「我想念你」。

接受分手的痛楚，接受離開的結果。

就算，下半生各自過，至少，在回憶也不錯。

你是……
不甘心？得不到？想佔有？新鮮感？
太習慣？只當玩？想挑戰？……而愛他？

因爲回憶太深，才會變成習慣；
因爲曾經太愛，才會變成時間。

曾捱過，無數個想念的夜晚，
請給我多一點時間，重新習慣，或能折返。

別要太過傷心，人生，總有些人，只適合用來遺憾。

「每一句的關心說話，也隱藏了很多很多未能直接說出口的愛。」
你知道嗎？

有些傷感、有些痛苦、有些感覺、有些情緒，
只是會說給聽得懂的人聽。

你知道嗎？當你沒有他也過得很好的樣子，超正。

有多少在封鎖裏的人，也曾經是最重要的人？

有些日子，有人快樂，有人心碎，
有人一雙一對，有人想快點過去，你，想起了誰？

朋友，就一起老吧，然後，我會介紹你給我孫認識，
跟他說：「你知道甚麼是友情嗎？」

有些人是，從來不會說深愛，卻又不讓你走開。

有很多人，會把一段沒可能的關係，
反而變成生活的重心。

如果，是在乎一個人，誰不比較？

有些問題本身並不存在，
有些答案已經一早清楚。

老實說，「還是要觀察一段時間」，
就等於，「現在對你沒太大感覺」。

無論如何努力，依然還是友誼，
那不如增值自己，把努力放在……讓他後悔之上。

無論，你是別人的「月費卡」還是「儲值卡」，
保持聯絡才是最重要。

April is commonly associated with
autumn in parts of the

and spring in parts of the Northern
Hemisphere, and it is the seasonal
equivalent to October in the Southern
Hemisphere and vice versa.

通常，一起久了就不會有很多說話，
只因，你們的世界已經連結在一起。

如果你能聽到心上人的心聲，可能，你會非常失望。
有些秘密，寧願不知道。

留個位置給我，站在你的後方，
我不是……守候你，我只會……守護你。

看見他的好才愛上他有甚麼了不起，
看見他的不好還是會愛上他才是愛。

往往，能伴你度過餘生的人，
都不會是一早很想得到的人。

最痛的單戀是，對方沒有選擇拒絕與接受，
直至，痛到一個地步……自己先離開。

你的責任是……別讓那個答應陪你一起吃苦的人吃苦。

只為一個人而活？願為一個人而死？
你不是傻瓜，就是瘋子。

通常是習慣了就會被忽略，漸漸地忽略了就變成習慣。

有些人，已經走出了你的視線；卻偷偷躲藏在你心裏。

走得快，不代表你走得對；
愛得深，不代表你愛得穩。

通常不用太在乎，會換來更加着緊。

要你活成他想要的樣子，這⋯⋯就是愛嗎？

通常，有最痛的結束，
只因，有最美的開始。

用友情的名義，去愛着一個人，也許⋯⋯更長久。

你⋯⋯有否愛過我？其實，還問來幹麼？
你想得到甚麼答案？

愛得太深＝更不甘心，對？
好了，現在你重新想想，你是愛他？還是不甘心放棄？

最初，你喜歡他，他喜歡你，但大家也還未表示。
還記得你們仍未向對方表白的時期嗎？很甜很甜。

也許，有一種背負着的痛苦，
全世界都知道，就只有你最重視的人不知道。

the fifth in the early Julian, the first of
four months to have a length of 30 days,
and the second of five months to have a
length of less than 31 days.

有種愛的方法是，
不讚好、不留言、不打擾、不見面。

接近的機會太多，得到的機會太少。

有時，你以為暫時的迷戀，
總會無意中變成了永久的痛苦，三思。

對着喜歡的人說：友誼永固，是一種最痛苦的煎熬。
對着不愛的人說：我願意，是一種最長久的煎熬。
本來，以為得不到你才叫痛苦，
原來，得到你才是真正的痛苦。

有些人相對一生，痛苦一世；
有些人看了一眼，牽掛一生。

雖然，做旁觀者很痛苦，不過，做第三者更痛苦。

我也不想做狠心那個。嗯，是這樣嗎？
嘿，你不想但已經做了。

我們都總愛把痛苦放大變成 Drama，
但其實有些 Drama 只會在韓劇出現。

通常，有最浪漫的開始；
就會，有最痛苦的完結。

有種偶遇很痛苦，不能開始，卻不想結束。

April is commonly associated with
the season of autumn in parts of the
Southern Hemisphere

很痛苦嗎？恭喜你，你學懂了甚麼是……愛。

and spring in parts of the Northern
Hemisphere, where it is the seasonal
ber in the Southern
ce versa

有時，下一句不知要輸入甚麼；
只因，上一句不自覺說得太多。

別要痛苦地堅持着不應該堅持的堅持，
也許這只是習慣了不應該習慣的習慣。

最可悲是，你寧願，被拿來填補寂寞，
也不想，一整天遭受冷落。

你長時間對他好，他漸漸忘記感動；
他短時間對你好，你偏偏銘記一世。

別把誤會當成曖昧，別用曖昧製造誤會。

外表，通常能讓兩人走在一起；
內在，通常能讓兩人快樂相處。

寧願犯下過錯，也別讓生活留下太多錯過。

自行了斷的，是感覺；重新開始的，是故事。

先要懂得痛苦，才會明白快樂。

從來，我們幻想的幸福通常不會實現；
同時，我們也不會是想像中那麼不幸。

一生之中，會真正對你好的人，遇過幾個？
想了一想，不會太多。

早知結果，何必如果。何必當初？

所有的幸福，都是由每一個小幸福累積而成。
請留心這些小幸福。

你愈浪費時間去後悔，你愈後悔浪費時間。

究竟⋯⋯能夠第一次找到最愛的人快樂？
還是痛苦後找到最愛的人快樂？

被人搶走喜歡的，很痛苦，
搶走別人喜歡的，也不一定快樂。

經營好自己，就是愛一個人最好的方法，
只因，拖着你而自豪的，不是你，而是他。

別忘記，我從來沒欠你甚麼，對你好只是在乎你。

愛情世界中，很多身份「轉眼改變」？
但更多的身份「隱藏不見」。

the fifth in the early Julian, the first of

你明知他的世界容不下你，你更知你的世界不屬於他 gth of 30 days

and the second of five months to have a

length of less than 31 days.

有些事情，說出來了，就變不回原來的事情。

愈是貪婪，愈容易恐懼，尤其是愛情。

開始時當然是甚麼也不介意，但真正的愛情，
是以後的不介意、一生一世的不介意。

一段刻骨銘心的愛情故事已經夠你一世回味，
何況，不止一段？

愛情就是這麼殘忍，你有能力肢解他的人，
卻不能分享他的心。

記得，恐懼並不是一種罪，就好像痛楚一樣，
要有痛楚，才會知道自己傷到哪一個程度。

看見他的優點叫鍾情，接受他的缺點叫愛情。

成為情侶只需愛情，成為家人還要責任。

一個停了的時鐘，每天也至少有兩次是準確的；
一段錯過的愛情，卻一生也不會再次僥倖遇上。

羨慕，通常出現於比較之後，
嫉妒，多數出現於羨慕之後。

絕無僅有的，除了他，還有你自己；
多不勝數的，除了你自己，還有他。

要傻過才知甚麼是現實；要醒過才知甚麼是虛假。

我最喜歡的人你知道是誰嗎？請看第七個字。

一個不怕失去你的人，
你又為何對他太認真？

65

每個人心裏都住了一個不能擁有的人，
他總是時不時走出來說：「交租了！」。

the fifth in the early Julian, the first of
不聯絡，不代表，不想念。have a length of 30 days
and the second of five months to have a
length of less than 31 days.

有些人，只留下路過的痕跡；
卻成爲，生命中最深的回憶。

你把回憶通通還我，然後，還要我日子好好過？

你走就走得輕輕鬆鬆，我忘就忘得困難重重。

也許，一句順其自然，包含了只有自己知道的不甘心。

你以爲世上再沒人比他更好？
也許是世上再沒人比你更笨。

或者，有種浪漫，不屬於情侶、不屬於朋友，
只屬於……過去。

十指緊扣，仍會流走；雙手放開，反而擁有。

有種勇氣叫勇敢地放棄，有種擁有叫只能做朋友。

讓那戲劇性的故事，發生在幻想之中，
或者，比眞正擁有更長久。

開始時，可以做朋友嗎？
分手時，還可以做朋友嗎？

你沒錯過，又怎會錯過。

April is commonly associated with
the season of autumn in parts of the
Southern Hemisphere,

很多事情，也是只差結尾，卻要從頭開始。

and spring in parts of the Northern
Hemisphere, where it is the seasonal
equivalent to October in the Southern
Hemisphere and vice versa

幾經辛苦，再次遇見；第一句話，竟是再見。

明明忘不掉，卻說已忘了；
明明捨不得，卻說沒損失。

如果他真是愛你又爲何要加上最前的兩個字？

像專家一樣安慰別人，像白痴一樣折磨自己。

Last seen 停在你發訊息之前，
Last seen 停在你發訊息之後，是……兩種心情。

一旦，產生好感；悲劇，隨卽降臨。

謝謝你這樣忙，還要來傷害我。

喂，你要拿出自己的心，人家才可以一刀捅下去。
聰明……

有些人只會跟你說對不起，而從來不知你爲甚麼生氣。

死前請不要再死纏，因爲死纏只會纏死。

有一種劫數，明明可以逃得過，
最後還是粉身碎骨，只因三個字……我愛你。

世界都很殘酷，你不會愛上深愛你的人，
是因為你依然很愛傷害你的人。

當在乎碰上不在乎，痛愛於疼愛中出現。

為何愛得辛苦？只因仍然在乎。

通常，愈是想留下來的愈是非走不可。

April is commonly associated with
the season of autumn in parts of the

我們都害怕，不同的人物、不同的地點，
卻因同一個原因，受到傷害。

and spring in parts of the Northern
Hemisphere, where it is the seasonal
別要自動合理化他賜予你的傷害， in the Southern
其實，你本身根本不需要受傷的。

傷害過人的人都會被另一個人傷害，
這不是報應，是過程。

懂得開始就要接受結束，不是居安思危，
只是我們都有隱性的被害妄想症。

the fifth in the early Julian, the first of

有時，傷害得最深陷；反而，抽離得最徹底。length of 30 days

and the second of five months to have a

length of less than 31 days.

有人從來不懂情爲何物，亦有人以爲自己已經掌握一切。
都可悲。

有些東西，要當消失後，才會懂珍惜；
有些東西，要當出現後，才會懂心息。

有時，我們抱得多緊也好，都沒法知道對方心中想甚麼。

走遠路最可怕的是甚麼？
不是遙遙無盡的路，而是你鞋子中的一粒沙。
——你明白如何對待他了嗎？

有時，貪婪的佔有，只是習慣，而不是眞正的愛。

有時，要看到他終於屬於別人，
才發現你在他心中變成了別人。

有時，有些事情，明知會輸，
也要努力幹下去。除了愛情。

家人身體健康，人生有數個知己，有一個給你愛的人，
有份會出糧的工作，你，還不夠幸福嗎？

失望，沒有無止境，總有限的；
希望，沒有局限性，是無限的。

情人，未能相擁；敵人，狹路相逢。
——有時，命運如此。

有時寧願刻意認輸，也不願被無理淘汰。

用等待換回來的幸福，不是浪費，就是浪漫。

13579下一個數字是甚麼？
對！陷阱在你面前，請拿出兩手準備！

請不要說我不需要戀愛，這樣，戀愛就來煩你；
請不要說我不需要你，這樣，他便再不屬於你。

#3

JUNE

有沒有一個人，不能向別人提起，只能在心中回味？

有些事情強迫不來的，問你一個簡單的問題，
為甚麼他需要愛上你？

「要記起忘記你與要忘記記起你，
意思不同，但同樣矛盾。」你做到了嗎？

朋友，其實你只是一見鍾樣，
而不是一見鍾情，別放大了愛這個字。

不用所有情緒都需要告訴別人，
包括⋯⋯那真的痛苦與假的快樂。

想得太多，也不可能改變，
讓他過去，然後逃出生天。

他過得很快樂，所以你不快樂，
這就代表你很愛一個人？

甚麼是成長？
有些人注定是誤會一場，不過上天偏偏要你遇上。

他會記得你的好？其實你心中有數。

請問，你是自願墮入痛苦的回憶，還是別人強迫你？

有時會想，那個人會不會偷偷看你的東西，
然後，你就偷偷看他的東西了。

「他成功摧毀你，是因為你願意被他摧毀。」
你怪誰？

沒辦法，有時是很無奈，
有些事情不能忘記，也要假裝忘記。

或者，我缺點很多，謝謝，你依然愛我。

別人問起你，口說已經忘記，其實又再記起。

「很有趣，就算最後不能擁有他，
你還是會替他說盡好說話。」傻瓜。

心死，不代表忘記，忘記，就只靠自己。

你自以爲的牽掛，只是別人的笑話。

總有一兩個朋友，WhatsApp、Line 的回覆，
跟眞人對話是完全兩個人。

「狠心去找個藉口後離開，總好過沒有位置地存在。」
爲何你……死性不改？

哪部小說的結局最殘酷？是滑下去看的聊天紀錄。

首先是狠心，然後是淡忘，
他做到了，你也可以。

無論那個他在不在線，對你沒興趣才是重點。

實不相瞞，那些最好的異性朋友，
其實我會當她是……男人。

已經完全沒關係，不用再提也不用再沉迷，
這就是眞正的……放低。

就算委屈與被辱罵，決不說你半句壞話。

那個不領你情的人，就無謂去白費心神。

有個人，能令你真心微笑，
這個人，才是你真正需要。

最矛盾的想念是，想你知道，又不想你知道。

你是好情人？還是⋯⋯根本沒機會給你壞？

有沒有一個人，不能向別人提起，只能在心中回味？

有一種感覺是，
從前，別人碰一下他，你已經覺得很心痛，
後來，終於離開了你，跟新歡擁抱着合照，
可知道⋯⋯是甚麼感覺？

有沒有一個人，你每天都會想起，卻沒法走在一起？

某個人的名字，總會定時地出現在腦海之內，
縱使他已經消失在生活之中。

後來，把最後上線時間關上了，
他看不見你，你不用看他。

後來，你學會了不再講與隱藏。
其實，心裏有個屬於他的地方。

放低手機，放下執著，放過自己，放棄自虐。

不是不可能變成過去，
只是你一直不想面對。

通常都是，退一步看清楚後，
才知一早可以向前行。

很多人……
習慣了放棄，堅持了習慣。

有天，我跟西灣河「馬暈」食下午茶。
「師兄，你當時是如何走出人生低潮？」我問。
他慢慢地放下黃色的地盤安全帽，吐出煙圈，認真地看着我。
然後說：「走多幾步。」

或者，最後徒勞無功，不過……
有些人，輸得太好看；有些人，贏得太難睇。

拿出你的自信，向着逆風前進。

時間是庸醫，傷害你的人是他，
醫好你的人是……你自己。

就算，他不是生命中，那一個；
至少，他讓你生活中，上一課。

成長就是，從前覺得不能少，
現在學會不想要。

不是我不食人間煙火，無非我已經傷勢太多。

想念一個喜歡你的人，叫消磨時間，
想念一個不愛你的人，叫折磨自己。

別怪人，讓你煩惱的，不是別人，
而是你自己胡思亂想的思念。

一班人去吃飯，手機在桌面震動，
拿起手機，原來不是自己，還是要按入他的對話頁看看。

想念，別人名字；
扮作，若無其事。

我說你笑得很漂亮，就像是從沒有受傷。
然後，你哭了。

別把感覺一直放大，有時，只不過是一種錯覺。

把熱戀期拉得最長的方法，
就是……不去擁有你。

他有多好，是他的，他對你多好，才是你的。

其實，你所貼的相片、所寫的句子，
只是想給某個人看，對嗎？

他是用友情來接近你？還是用友情來拒絕你？

有一種友情是……
你不能做她身邊那位，妳只能跟他稱兄道弟。

讓你痛苦的人最後會輪給對你好的人。

曾經的快樂，記起會痛苦；
曾經的痛苦，記起不快樂。

痛夠了沒？捨得重新開始了嗎？

因為，你會流下眼淚；
所以，才會留下故事。

就算我們互相錯過，各自依然上了一課。

你偷看着他的「在線上」，卻……不是為了你。
乖，別再自虐了。

或者你最首先要學，別要試圖討好冷漠。

你痛也痛得天經地義，折磨自己也沒有意思。

他用他的方法，生活下去，
你用你的方法，自我沉醉。

別人隨隨便便說一句，你就認認真真放心裏。

A：「對付絕情的方法，就是要更絕情。」
B：「痴線。」
A：「痴線？」
B：「真絕情的人已經忘記你，還像你在想要用甚麼方法？」

很好，下定決心不再聯絡，你也配合不再敷衍。

別要總是推開別人然後說沒人可以幫到你。

對，有些男人女人是很笨的，
不過，他至少真心愛過妳。

有些人，會跟你吵架，然後，又繼續愛你。

當你真正愛上一個人的時候，
他美不美已經不是最大原因。

有些人，只要他喜歡你，
他可以把你由第一天的 FB 內容，IG 的第一張相片開始，
看到現在這一秒。

關於愛，你最害怕的事是甚麼？

當然要親手給妳幸福，交給別人我才不放心。

朋友聚會，

每次，意猶未盡之時，

代表，兄弟再聚一次。

有時，只是想要一個，

只用 Emoji，依然會關心回覆你的人。

朋友就是，我可以不斷罵你，

別人罵你一句，我百倍奉還。

一班朋友聊天，你搭訕，全場沉默，有試過嗎？

跟曾傷害你的人露出微笑，不是虛偽，

而是一種修為。

妳要有一份養得起自己的工作，

你要有一份養得起家庭的事業。

經常說別要只看着手機，

請問沒有手機後你還有甚麼生活？

你有甚麼資格說別人哭到死去活來是傻？你有試過？

有時，不是你想被需要就能被需要，

先照料好自己吧。

那天，跟好友聊天。

我：「現在的女生很有愛心，都很喜歡動物。」

她：「你說 Jaguar、Ferrari 同生日沒禮物不是他不夠愛你，

只是他窮。

拍了幾十張相，然後找一張最不像自己的貼出來，

這就是最眞實的世界。

其實，不是我想要更多，

只是，他不想付出更多。

老實說，爲甚麼你這麼輕易愛上一個人，

放棄卻這麼困難？

用另一種方法愛他，或者未必能成功，

但你正在盡力嘗試，對嗎？

眞有趣，別人是太愛自己失去一個人，

你卻是太愛一個人失去自己。

想離開的人千方百計，想陪伴的人未能代替。

就因為緣份，曾經很接近，
卻沒法捉緊，變成陌路人。
太多故事，到最後只感動了自己，而感動不了別人。

沒甚麼，只不過是兩個人，各自遇上了……一個人。

有沒有一個人一句說話讓你記到現在？

別怕，某個人欠你的幸福，總有另一個人還你。

或者換一個時期開始，會有不同的結局。

回憶起從前那份濃情蜜意，
反而使你痛得更淋漓盡致。你過得好嗎？

最怕聽到，感動你的付出，
然後下句，感激你的退出。

他問你別來無恙？你沒有說出真相。

有些人可以在痛到死去活來時，面不改容地說：
「沒事，我很好。」

從來不會突然想起，只因其實一直銘記。

喂！別再偷看他的生活了，
沒甚麼好看，就是比你過得好。

拿遍體鱗傷的過去開玩笑，首先，你需要放下。

分手後的關心，有時會殺死人。

因爲你，所以痛苦，不過，慢慢好起來，不是爲了你。

有些人是你永遠得不到的，
就等於有些人永遠得不到你，很公平。

留下自己從前的故事，拿走別人曾經的心意。

有時，不去追求那些怕早晚會失去的東西，
反而是種快樂。

如果，要跟他說句祝福很沉重，
那別說好了，做你自己。

有些人，不愛你會讓你知道；
有些人，愛你卻不讓你知道。
可以與不可以之間，其實還有暫時不可以，請繼續努力。

誰也有權選擇愛，誰也沒權歧視愛。

只要你真心去為喜歡的人做一件事，
無論他愛不愛你，這，已經是浪漫。

痴痴地喜歡一個痴痴地喜歡別人的人，
就是⋯⋯兩個傻瓜。

跟他保持距離的原因，只因我知道，他不會屬於我。

只因一個字，「你」，就是我不會愛上別人的原因。

我們都痛恨壞蛋，而你，卻是我的唯一例外。

別傻，晚上你所想的人不是在想你。

假如，我們的友情，就是錯過的愛情，
那麼，就讓我們一直「錯過」下去。

你每天說愛我就夠了，不必要承諾甚麼永遠。

請留心聽清楚，
我不喜歡我喜歡的人喜歡我不喜歡的人。

那個曾經伴你捱過逆境的人，不會是世上最美，
也不會是世上最好，但絕對是你生命中最美最好的一個。

自欺欺人地偷看他的社交網頁，
然後自以為是地……對號入座。

等待還等待，值不值得等待才是重點。

希望，你能遇上給你幸福的人，
縱使，不是在分享這一句的人。

愛與不愛，是種感覺，不過有些感覺，會輸給時間。

有些人的出現，就是要教曉你，
不是所有事情，都會有好結果。

持續暗戀症，患者長時間投入自己的幻想世界中，
治療方法──表白。後遺症──快樂或痛苦。

未至於愛情，又好像接近了愛情；
超過了友情，又好像停留於友情。走錯下一步，
也許，甚麼也沒有。

不是他不明白，只是他不在乎；
不是他不知道，只是他沒感覺。

愛你的人說出一億萬個叫你放棄的理由，
也敵不過你愛的人要你留下的一個理由。

有種愛的方法是……愛從來沒有停止，
但卻不會讓你知。

通常消失了才知存在價值；也許痛苦過才會四處尋覓。

他的吸引，是來自心癮？還是，觸摸不到的底蘊？

June

總有些人，是你幻想的戀愛對象。

誰也不會輕易放棄努力取回來的一切，
包括別人的痛苦。

用一種痛苦減輕另一種痛苦，是我們愚蠢人類的強項。

我一直在懷疑，上帝製造晚上，
用途是懲罰那些掛念別人的人。

痛苦的感覺，一次便夠。
可惜從來也不只一次，尤其是愛情。

我知你對我好好⋯⋯嗯，明白明白。

嘿，不用說下一句了。

別用凌駕理性的能力去操控感性，

無論有多痛苦也好，至少，你也失控地瘋狂愛過。

一起，沒有感覺，很無奈；

結束，感覺還在，更痛苦。

若然幸福，不只幸運；若是痛苦，不必痛恨。

別把不屬於痛苦的都歸納成痛苦。

直至，他能給你痛苦，才發現，有些感覺是⋯⋯真的。

有時咎由自取，自找痛苦，總好過，死得不明與不白。

你愛的人不愛你痛苦吧？

不過更痛苦的是，你愛的人愛過你，現在卻不愛了。

其實，不再懂為一個人而流淚，反而是一種悲哀。

你，經常也想他，
他，無聊才找你，說，你有多重要？

快樂，要靠自己。
懂的，都很快樂，不懂的，更不快樂。

其實「缺了就找，累了就換」有甚麼問題？
最怕是「沒缺就找，未累就換」才是問題。

樂觀一點，當你正等待着一個適合你的人，
同時，世界上有個人正希望遇上像你的人。

有時，假快樂的快樂，
比起，真難過更難過。

其實，這天，被想起，
已經，是另一種幸福。

當你忙着讓喜歡的人快樂，就無暇再為討厭的人煩惱。

活得漂亮比長得漂亮更重要；
性格醜陋比生得醜陋更可怕。

有一種原則叫固執，甚麼叫「總有一天他會愛我！」，
傻了嗎？是固執。

有時，放手，等於，擁有。

假如你是爲了別人而生，那必定也有爲你而生的別人；
假如你是不屬於任何人，那任何人也不一定會屬於你。

戀愛是讓人快樂的，
對？但你明明不快樂卻依然痛苦地留下來，
這才眞正的……愛。

我疼你，我寵你，是因爲，要令你離開我之後，
才發現，沒一個比我更好。

有時，得不到還好，得到了不感快樂更糟。

能醫。
往往，在同一愛情故事中，我們最懂安慰別人；
卻說服不了自己。不自醫。

你有兩個人玩過橡筋嗎？
通常不放手的一方都會得到痛楚。你有兩個人玩過愛情嗎？

得過，希望看不到；
且過，看不到希望。

缺失是一種改過的決心？是一次感情的缺陷？
總覺得，這決策上缺少了甚麼。
始終，政治的愛情，一點都不感性。
別把愛情想得太童話化，台劇的男女主角只是在……工作。

「拿去用吧！」──愛情中，沒有這四個字，
只因真正愛一個人，是絕對自私、絕對不想跟別人分享的。

忙着愛別人，忘了愛自己。

有些人的出現，
總能顛覆你現在的愛情，
卻矯正你未來的愛情觀。

愈接近末日愈多人不相信末日，
愈接近愛情愈多人不相信愛情。

別讓失而復得的愛情得而復失。

試一次徹底絕望，再一次重新開始。
能夠看透當然最好，能夠看淡更有難度。

從你每日分享的文字中，我能讀出屬於你的情緒。

永不放棄的精神放在愛情上又如何呢？
可能，會死得更慘。

假如他用打發時間作爲根基，不用投入；
假如他用金錢首要作爲根基，盡量配合；
假如他用濫情愚忠作爲根基，接受現實。

其實，在愛情的領域，
自私是沒問題的，最重要的是要自愛。

你不是錯過了愛一個人的時間，
你只是錯過了愛一個人的感覺。

如果，問我是不是喜歡你？
找那個重複的字就知道了。

殘忍又不失慈悲，痛苦又慶幸擁有。

別相信等待就代表能得到，得到就代表能永遠擁有。

人總要學識接受，不要妄想擁有；
曾結伴與你牽手，再沒太大奢求。

你是想擁有一個別人都想得的情人？
還是想擁有一個只有你喜歡的情人呢？

當你猶豫要不要擁有時，等你放手之後就會知道。

不是肯努力就可以擁有，不過不努力甚麼都沒有。

不能擁有的東西，就會變得美麗……包括愛情。

不能擁有，才會擁有更多；
不能回頭，才會回味當初。

也許習慣遙遠欣賞，你的每天分享；
從來不問別來無恙，只怕誤會一場。

或者，那不是愛，只不過是……慣性回憶。

也許終於知道，能夠承受的痛，早已超出極限，
可惜，寧願忍痛，也不願割愛。

通常，別人狠心傷害你；然後，你再懲罰你自己。

我聽過最悲哀的願望是……當我發 WhatsApp 給你時，
你可以找一次……立即回覆嗎？

別人看到你的最後上線時間，
只不過是……你爲了看某人的最後上線時間。

窮得沒法做情侶，很悲；熟得不能做情侶，更悲。

謊言，未必最傷害你，真相才是。

總有天，我可以把你忘記，總有天不包括……今天。
有些人，不懂抬頭去愛一個人；
有些人，只懂回頭去恨一個人。

他只是摧毀了你的感覺，而不是你的人生。

吹來時，是期待；吹走時，是等待。

緣份把你們拉在一起，命運結束你們的緣份。

很多虛假的一時好感，很少真實的一世承諾。

一直懷疑，他是不是想測試，
你傷到甚麼地步，他自己才會心痛？

一早懂得適可而止，不會變成現在如此；
太遲作出無謂掙扎，其實已經取消資格。

在最痛的時候說自己沒事……媽的，反而是最痛。

一個最多人說再見的地方在哪？街上？
車站？機場？不對……是你那個口不對心的嘴巴。

有些人，會假裝快樂，只因不想別人可憐；
有些人，會假裝傷痛，只因很想別人關心；
遇上這些人，請不要傷害他，只因有些事放在心就好了。

當你聽過太多次不同人說永遠愛你的時候，
你會發現，雖然還是愛，但再不相信永遠。

我願意祝你幸福，縱使我再也不能見你。

沉默的威力，是不能用分貝去計算。
不愛只是一句，沉默卻是一世。

有意傷害還好，無心傷害了別人的內疚，
是一種最徹底的折磨。

愛情，就如一種互相挾持遊戲，
通常在不想傷害對方時傷害了對方。

如果不是太愛我，請放手；假如完全不愛我，我會走；
假若不懂去愛我，做朋友；若是仍然會愛我，請挽留；
你對我說還是我和你講，互相總是說不出口。

我的年少輕狂曾傷害過很多人，
卻讓我找到一個把我改變的人。

簡單的道理，得到愛的最好方法是付出愛，
你甚麼也不做，你想得到甚麼？

人生中總有一個人，輕易把你控制，卻不能使他受制；
世界上總有一個人，輕易中他詭計，卻不能給你預計。

手機上加密碼代表了甚麼？
代表了你已經不是戀愛初哥。

有時，每天擔驚受怕比真正受傷更可怕，而且時間也更長。

緣份是一場沒有彩排的安排……
世界上，沒有人能預測。

遙遠，不是未來的生活，而且今天的距離，明白嗎？

或者，你正等待一個新開始，
但你要明白，有時，要開始……先要結束。

有時會想，被你愛過，是種不幸，還是……榮幸？

放棄就是繼續，看不明？結束就是開始，聽不懂？
看不明聽不懂的其實最幸福。

有時，命中沒有；好過，命中僅有。

既然已蟬過別枝，就無謂節外生枝；
就算你耗盡心思，只換來慘淡失意；
你會說情非得已，我會說其實可以。

金錢能令愛更有意義，同時令愛變得更加模糊。

人在熱戀的時候，是不會露出真面目的。

有時，還要扮作毫不在乎，
其實，有多難受你知道嗎？

Gregorian
30 days,

a length of less than 31 days.
the Northern Hemisphere, the

with the

ber in the

nning of the traditional astronomical summer is 21 June
ological summer begins on 1 June). In the Southern
ere, meteorological winter begins on 1 June.[6]

n rises in the constellation of Taurus; at the end of June,
ellation of Gemini. However, due to the precession of the
h the sun in the astrological sign of Gemini, and ends with
ign of Cancer.

#4

AU GUST

你不斷地付出不算是愛，愛是你能令他為你付出。

你總是羨慕朋友對愛情的無所謂，你做不到。

無論成績是一等還是次等，
別要變成你現在討厭的人。

那個不能說的名字，每晚都是你的心事。

有些時候，不能將就，唯有退後，
直至放手，各自遠走，回憶就夠。

有好感害死了很多沒好感的人。

你翻看他的歷史，跟你一起的往事，
然後說自己逼不得已。請問，有甚麼意思？

你知道嗎？
要遇上很多很多人以後，
才可以把深愛的人淡忘。

畢竟，他的煩惱不只全是爲了你，
所以，你的快樂不能全部只有他。

爲何你活成這麼累？是否拼命在討好誰？

你總是逞強說故事只是一笑而過，
但你的一笑也笑得太久太多。

說實話，有時保持距離不是不喜歡，而是太深愛。

那個人不會懂，你阻止了多少次找他的衝動。

朋友，別要再妄想，根本沒人在乎你在不在線上。

你想念我嗎？其實說謊我也不介意。

你害怕認眞？你害怕動心？
但你又爲何着緊，一個不愛你的人？

因爲一個人，很長時期也沒法眞心去喜歡另一個人。

你不斷地付出不算是愛，愛是你能令他為你付出。

每個人「放下」需要的時間長度也不同，
你只不過是比他長而已，並不是永遠放不下。

你有沒有試過，喜歡一個人，喜歡到要放棄？

有些人，明知不適合走在一起，不過確實真心愛過你。

你沒損失，只是他錯過了你最愛他的時候。

沉淪，可以一試，但要，適可而止。

難道你走去問他想念你嗎？
還是一個人想念就已足夠。

分清楚，不能和你在一起，
不代表，立即可以不愛你。

決意忘記的那個人，就別妄想還有可能。

別人以為你已經當成過去，其實那個他一直在你心裏。

不是你不想聯絡他，只是他總是給你的感覺像打擾了他。

無論你是甚麼方面的天才，只要真心愛上一個人，
有時，總會出現一份無能為力的感覺。

千方百計要讓你快樂的人，
不是不怕辛苦，而是只因在乎。

其實你今天所受的折磨，會讓你學懂選擇下一個。

首先靠近你的人是他，後來離不開的人是你。

你有多愛他是你的事，他愛不愛你是他的事。

要經過絕望後的折磨，才可以捨得從頭來過。

沒有想你，是假的，不能承認，是真的。

其實你在打擾別人，
同時你又打擊自己⋯⋯幹嘛？

這個世界，很多人跟你一樣，
即使沒有完美的結局，仍然可以快樂地生活。

「你會用盡全力去愛，同時，你會用盡全力去痛。」
快好過來。

你覺得付出比他想像的多，只是你自己的想法。

很準確的，當你想着他有沒有在想你時，通常沒有在想你，
就如你偷看他的在線上之時，通常不是在找你。

別傻，是誰說最愛他的人就可以得到他？
不是比你有多愛他，而是比他有多愛你。

承認吧，你嫉妒得快死，
承認吧，你痛苦得快瘋，有甚麼問題？
我們只不過是普通人，儘管哭吧，總會好過來。

「想死心？很簡單，發過訊息給他說我很掛念你，
然後等他長期已讀不回。」笨。

或者，總有天，我們會跟着人群而走；
至少，曾有天，我們為着自己而上路。

不是全世界的人明白自己，
卻謝謝那些明白自己的人。

別要辜負你所承受的痛楚，
這將會變成你長大的證據。

自己選擇的路，就算再難，爬也要爬過去。

正確選擇的意思，就是你選擇以後，
努力讓自己的選擇變成正確。

總有一天你會發現，你為他流過的眼淚，
都只是為你自己的人生經歷而流下。

你依然可以在「逆境生存」，
就代表你不是「不能死去」。

既然，忘不了，那不如刻骨銘心地記着，
成為，你成長的證據。

慢慢成長，你會發現，其實沒甚麼人是不可原諒，
同時，也沒必要把心事全部分享。

學習一個人，品嚐兩個人的共同回憶，
是種成長。

還能為對方打一大段文字的人，
不是你很愛他，就是你很恨他。

當我看着「輸入中⋯⋯」很久，
原來只是一些沒意思的 Emoji 符號，的確會有點失望。

有些說話，可以寫出來，卻不會說出口。

在晚上寧靜時想起他，因為寂寞，
在上班最忙時想起他，才是掛念。

很奇怪，明明你就在眼前，心還是會想你。

明知根本不會開始的故事，就無謂做破壞關係的嘗試。

其實呢，早點知道，沒可能；
總好過，遲了亂想，有機會。

最初埋怨只能做朋友，後來發現反而更長久。

你的內在美總會有人看到，
不過有外在美的人會比你快很多。

我很好奇，一個怎樣的人可以令你心動？
而我卻沒法使你動容。

有種愛，不求別人歌頌，但求自己感動。

每次旅行都在心中想：如果你在就好了。

從遇見你那天說起，然後無話可說。

不是甚麼也沒有，
至少，曾跟喜歡的人，有過一段回憶。

沒有曾經的完結，哪有幸福的開始？

最初是爲沒有結果而痛哭，
後來是爲有發生過而微笑。

「或者他會回心轉意。」
這句說話，害死了很多人。

明明是你叫人在傷口上灑鹽，
然後你痛恨他害人不淺？別再犯賤。

很有趣，有些人要活在謊言的世界，才會比較自在。

世界上有種病叫「明知非常痛楚，依然要看結果」症候群。

別人友情客串，你就傾力演出，幹嘛？

或者，其實不是你笨，只是你願意相信他。
你愛他的方法，好聽的叫情深，不好聽叫……淪陷。

請問，那個曾說過永遠睡在你身邊的人，
現在睡在誰身邊？醒呀！

緣份，賜我這個身份，
愛你，是我一世責任。

在第一次介紹自己的時候，誰會想到，
竟會變成一個這麼愛你的名字。

雖然不是很富裕，卻願意用在值得的人身上，就是愛。

首先你，相信緣份，然後你，泥足深陷。

每次，穿得特別好看的時候，
第一時間想到的，就是希望遇見你。

為甚麼？為甚麼？為甚麼？
有時對一個人好，是沒有原因的。

有時妒忌，只因若卽若離，
有時生氣，因為愛理不理。

讓你看到我脆弱的一面，就證明了，
你是我……一、世、的、密、友。

有錢，去玩，叫朋友；
無錢，照玩，叫兄弟。

被欣賞的人會發現欣賞自己的人。

比醜更可怕的是身邊有一個超美的朋友，
而你竟然不妒忌他。

你是否……他的快樂不是因為你，你不快樂。

別人等一個人拿傘來，你在等雨停。

每個說自己百毒不侵的人，
心中都有一個人是他致命的弱點。

你看 FB、IG 了解別人的生活，你以為很充實？
還是在浪費時間？

有些人選擇情人，不是因為他有錢有樓有車有地位，
而是他願意花時間在你身上……
並且有錢有樓有車有地位。

別把自己的興趣，也懶得再投入。

是因為妳不喜歡說？還是已經不喜歡我？

改變，是因為有一個人到來，
成長，是因為有一個人離開。

有得痛你就好痛了，
因為未來你會……非常幸福。

怎麼了？
你總是在繼續與放棄之間不停地折磨自己。

就算我這麼愛你，也不必和你一起。
最後離開是因為錯誤太多，畢竟曾經彼此也真的愛過。

沒法走到最後的原因很多，
不過至少曾經真的深愛過。

其實，要對你好，可以，不讓你知。

就算你有多愛，有些人，
只適合想念，而不適合見面。

那距離漸行漸遠的人，都只因曾經愈走愈近。

黑心想，他過得不好，都是因為你。
實際是，他過得很好，因為離開你。

暫時，你只能忍痛放棄，
以後，你總會學懂忘記。

那些不能說出的痛，你永遠⋯⋯不懂。

時間，總能把一切沖淡，
讓「自己」少一個難關，給「時間」多一點時間。

其實根本沒有遺忘，只是選擇一直收藏。

你有沒有試過睡醒了才發現自己在流眼淚？
你有沒有試過側身睡眼淚由左眼流向右眼？
你有沒有試過⋯⋯失去一個人？會過去的。

因為有痛苦的回憶，所以才要面對。

回想起，剛剛愛你的時候，
沒想到，愛到現在還沒走。

想想你現在的痛，五年後還會痛嗎？
如果你答會，請繼續痛吧。
如果你答不會，你明白我想說甚麼。

曾對着你痛哭那位，現在正對着誰微笑？
愛，是累積回來的，不過，不愛亦同。

其實，除了佔有，愛一個人的方法還有很多很多。

因為有愛，才會選擇寬恕，
因為寬恕，才會真正痊癒。

別痛苦，有種錯過，叫做放過。

練習，想起，卻不提起，那一個你。

別急，幸福總會在你最不經意時，
開始發芽，然後開花結果。

值得去的地方，沒有捷徑；
值得愛的對象，無需等待。

願意相信你的人，你也要，同樣相信他。

遇上甚麼人，你不能決定；
愛上甚麼人，就由你決定。

生命中存在太多難以取捨的美，
能令你堅持地生活與生存下去。

「永遠愛着你」
還是等熱戀過後進入平淡時說，才最真實。

誰人都懂說珍惜眼前人，
但有誰人懂珍惜眼前人？

其實你問的問題，他不正面回答你，
就是跟你說：「答案很殘酷。」

牽着他的手甚麼危險也不怕……
這樣才是最可怕。

你有方法令他停下來，就證明你有能力令他留下來。

感覺到的拒絕，比說出口的拒絕，更難受。

有些「好感」，不去接觸，
便不需要作出痛苦的選擇。

要懂得去愛人同時，也要懂得讓人愛你。

不求回報的嚴厲，才是真正的溫柔。

有些人，你明明很喜歡，
但冥冥早注定，偏偏只能做朋友。

你只知道我借的是時間，而不知道我要的是感覺。

嫉妒，是最噁心的事；不過，總好過沒感覺。

最可怕的感覺是，輸不起又放不低。

其實，每天都想你，不過，不必要見你。

在笑甚麼？你根本不懂甚麼是暗戀的藝術，
至少，我永遠不會跟他分手。

你是他透明的空氣嗎？
但卻是我必須的空氣。　暗戀人上

苦戀的過程，都是最痛不欲生，又意合心甜；
苦戀的回憶，總是最刻骨銘心，卻扣人心弦。

把友情弄錯成愛情叫自作多情，
把愛情弄錯成友情叫一世後悔。

從前覺得愛一個人的最好方法是喜形於色，
現在知道愛一個人的最好方法是放在心裏。

或者，總有一天，你會對痛苦的過去有新的領悟，
然後自言自語說一句：「還好，當時，告一段落。」

一直在想，如何可以，痛得漂亮，後來明白，
只要懂得，活得堅強。用我自己的方式愛你，可以……愛一世。

你說你堅持、他說你執著，你說你忍耐、他說你抑壓，
你說甚麼、他反甚麼，其實你知道，已經結束了。

他選擇忘記，你選擇記起。

漸漸變成陌生人的過程，
如果你太在乎，會很痛苦。

痛苦時，
「找人傾訴」不是跟別人說出故事，
而是跟自己多說一次。

我不想再傷害你。嗯，很好。
嘿，不過你正傷害我多一次。

有種荒謬，永遠看不透。
全世界數十億人，偏偏，你卻為着一個人而痛苦。

你看到的也只是我的表面傷口，
我感受到的痛苦卻是說不出口。

真痛苦，很傷；空喜歡，更痛。

痛苦，除了因為想得太多，還有因為想得太好。

也許，總有一天，你命中注定的人會出現，
別誤會，意思是命中注定不屬於你，而你又不能自控地愛上的人。
這種命中注定非常痛苦。

哪怕，粉身碎骨；最怕，患得患失。

容易哭，不代表，愛哭。
不愛哭，卻容易哭，有時，很痛苦。

別去估計在別人心中你的地位，
通常都比自己估計的更不重要。

陪喜歡的人捱苦是種快樂，
陪不愛的人快樂才是捱苦。

幸福總是不來找你的原因，
都因你把一切想得太幸福。

經常埋怨的人，不是不懂快樂，而是不肯快樂。

為喜歡的人做你不喜歡的事，叫傻；
為喜歡的事去愛不喜歡的人，叫貪。

他從來沒強迫你要愛上他，
只是你自己的感覺強迫你。

不能成為你的唯一，也不會成為你的大眾。

快樂，來自放開；痛苦，源於執著。

假若要做最痛苦的人，那先要做最快樂的人。

預期中的快樂，不算快樂；
沒預期的痛苦，更加痛苦。

沒法得到的東西⋯⋯包括，自己放棄的東西。

愈是小心愈易受傷。解釋？
只因「船頭鬼船尾賊定律」，傷的不是外表，而是內心。

騙我，騙到底；愛我，愛一世。

如果覺得不斷付出沒有回報是一種痛苦，問題只會繼續蘊釀，
如果覺得不斷付出沒有回報是一種快樂，其實……問題更大。

其實你，提前失望；總好過，突然絕望。

別讓誰，把你由人類，變成玩具。

浪漫但幼稚比現實又聰明來得更長久……我說愛情。

有 99% 的都市人也有愛情的煩惱，
有 99% 的都市人不還是過得好好的？

別讓一個人成為你的全部，
別把你的全部交給一個人。

愛情，從來沒有免疫能力，只有互相感染。

別以為你是賭場的莊家，你只不過是賭檯的籌碼；
別以為你是愛情的專家，你只不過是別人的笑話。

附加太多理由的愛情，通常會減少了愛。

你用投資的角度去看待愛情，
卻想得到最真實的愛情，世界上哪有這麼便宜？

你是我弱點，卻讓我堅強。

縱使明白愛情麻木，更要瞭解現實殘酷。

愛上一個會讓你受傷的人，是一場經歷。

為將來的甜而吃現在的苦，值得嗎？
別誤會，絕對不是說愛情，我說的是……強積金。

其實，分開不代表因為其中一個不好；
有時，分開反而兩個人都會找到更好。

交租。為甚麼？交甚麼租？
因為你……一直住在我心裏。

或者，後悔在等待，好過，沒等而後悔。

請聽清楚，能夠被搶走的東西絕不值得挽留。

緣份總是捉弄等待的人，
最可怕的事不是沒有，而是擁有。

也許，人生中堅持得最久的事，
就是，不去碰那個有好感的人。

有些東西只能擁有一次，
就算能再擁有，也已不是那東西了。

當傷透的遇上玩夠的，也許故事才正式開始。

愈不能擁有愈渴望擁有；愈渴望擁有愈不能擁有。

別妄想，他會，記住你的好；
只奢望，他會，記得你就好。

有人，一世都不能擁有；
有人，不愛卻擁有一世。

也許泥足深陷，只因高攀不起。

寧願，被你，遺下，
不想，給你，遺忘。

誰過份？也許，如果你不是太過份，
她才不會對你太過份。

有時，擁有這兩個字，很難擁有。

總有天，我可以把你忘記，總有天不包括……今天。
你痛恨的不是他，而是付出卻沒回報的感情。

你是……愛得深？還是……不甘心？

世界上，沒有不得不愛的原因，只有不得不走的理由。

每段故事都有結局，每個結局也是故事。

真正傻的人才不會下雨時給雨灑，
反而，失戀的人會。

或者有太多的喜歡你，都是因為他不喜歡你。

我懂一種讀心術，
我知道你剛才……偷偷地看他的近況 。

有種自虐遊戲，規則是……你不找他，
他從來不會找你，你找他了，他總仍未回覆你。

最可怕不是絕望，而是還心存希望。

沒甚麼，只不過，他喜歡的人，都比你好。

他選擇首先放棄，你選擇懲罰自己。

當你能夠衷心祝福舊情人時才是真正的放下，
別騙自己了，你還未。

真有趣，你明明很寂寞，別人偏偏羨慕你的自由。

人死後，聽覺是最後走的；
心死後，最後走反而是你。

有些故事情節，明明已經預計好，
但依然會很痛，很痛。

如果真的有永遠，我更希望在最幸福的一刻完結永遠。

人在脫水情況愈來愈嚴重時，小便次數反而愈多——生理。
人在不斷地被情人傷害之時，反而愈是死心不息——心理。

為了一個謊言，放棄世上一切的人……多的是。

我不要做你的指甲，剪掉，痛也不痛；
我卻要做你的牙齒，拔掉，痛不欲生。

有種痛，不用說出口，
心裏早已清楚，清楚所有的故事也完結了。
這一種痛，通常永久留存。
其實有種不知不覺的傷害，只會換來患得患失的感慨。

忐忑而又甜密的感覺，深深呼吸也不能趕走；
無視而又在意的感覺，狠狠的痛楚也比不上。

理性對我們說：「我知道如何停止、何時放開、及時擁抱。」
感性對我們說：「知道還知道，做到還做到。」

大概、傷害、早已存在，
感慨、原來、已經不愛。

時間繼續流逝，只能回頭看，不能回頭走，
不斷有的新故事湧至，而我們回頭的次數因而減少，
遺忘的東西卻愈來愈多。

由愛引發的愛，很諷刺地，有時，是一場悲劇。

有時，善變只是一種掩飾，只因愈捉不緊愈墮得深。

「我會等你一世！」、「我會等他改變！」……你也曾說過嗎？
別傻，在你等的時候，其實你已錯失了更好的人。

有一種病，叫都市迷失症候群——你比誰都清楚，
誰都清楚你，你卻不懂你自己。

有時，被人控制，總好過，沒人理會。

有時，習慣是一件很可怕的事情，
當你已經遍體鱗傷之時，你卻說習慣了。

請謹記，我們的翅膀是生在背後的，
我們自己看不見，不過喜歡你的人就能看見。

有時，不知道還好，隱隱作痛；
一旦，通通知道了，心如刀割。

天譴……將會出現在負心人身上……
假如……你活得比他更精彩漂亮……

戀愛，就如坐上迴旋木馬，
怎追也追不了前方的人，永遠也保持着一種距離，
除非……下馬。有時，放下才是最好的獲得方法。

當你用理性去為朋友分析感性時，你會覺得他們都是白痴。
但當你有一天感性時，你會發現全世界都是白痴。
用理性談戀愛，更白痴。

雖然，注定受傷，但依然去愛。
有人說勇敢、有人說愚笨，
重點……他值得你用痛換取愛。

#5

OC
TO
BER

只是偶然被需要，何必每天在陪笑？

有些東西比結果更重要，是甚麼？
在奮鬥之中，你會找尋得到。

管你有多少身家金錢，我自食其力就是尊嚴。

人生，就是不斷擁有夢想的過程。

妒忌別人就是提醒自己……「你沒有」。

你這麼多次經歷都告訴過你……會好過來的。
如不是，又怎會有現在的你？

我聽過太多的捨不得，數年後……
我問：「他的全名叫甚麼？」
他說：「怎記得！」

曾經做過無藥可救的人，
才會煉成百毒不侵的心。

別怕被別人睇死，只怕你自己放棄。
沒有人會覺得自己是有問題的，
但要找出問題，就要先承認自己有問題。

我很堅強，但我也會流淚，
不過，不代表……我會認輸。

「他合上眼睛，然後，我快要吻下去……」
「然後呢？然後呢？很緊張啊！」
「然後……我醒了。」

或者，只不過是我詞窮，
寫不出讓你回覆的感動。

或者，你身後位置的我，
比你身邊位置的他，更愛你。

用妳喜歡的方法愛妳就是我的方法。

有時，真心喜歡過的人很難做回朋友，
不是再想擁有，就是總有保留。

你是喜歡與眾不同？還是因我太過普通？

有時不立即回覆，只是想知你會否有同樣的失落感。

有時，捉不到的東西連伸手也是浪費時間。

我會努力去做一個你會喜歡的人，然後……
打死也不會跟你在一起。

你知道嗎？其實秒回不是巧合，
只是我根本……一直在等。

以朋友的模樣陪在你身邊，
也許就是最好的一生不變。

你忘了怎樣開始，也別忘記怎樣結束。

別要等我改變以後，才說懷念以前的我。

總有天，你會找到一位，
你不放棄他，他不放棄你的人。

有些人是，注定遲來；
有些人是，天意早到。

就算，得不到，也請，別乞討。

你應該是在儲存不回覆我的時間用來換取長生不老，
應該是。

爲甚麼你要對自己這麼殘忍？
每天想着那個不在乎你的人？

有些人，突然聯絡你，明吧，還問？
有些人，忽然不聯絡你，懂吧，還問？

因爲他絕對不會愛上你，所以你才迷上這一個人。

爲何？你不把自己放過，選擇……繼續折墮？

若不是你能擁有，就別要苦苦哀求，
若不是他的對手，就留點尊嚴就夠。

只是偶然被需要，何必每天在陪笑？

當你放不下他的時候，想想他是怎樣放下你。

戀愛的感覺就是……當晚上我發噩夢驚醒，
不是第一時間開着燈，而是第一時間抱着你。

有種關係是，我玩我的手機遊戲，你看你的
Facebook 韓劇，誰先肚餓就去煮個公仔麵，
然後問一句：「吃嗎？」

不能給你應有盡有，至少，我能給你愛。

能夠遇見，就是一生。

約定了從此以後，一輩子終生廝守。

你可知道，有個人拿着手機看着在線上想着你。

你可知道，被拒絕仍關心，被放棄仍着緊，
這個人，有多愛你？

對不起，我是一個會偏袒朋友的人，即使他做錯。
別跟我說甚麼原則。

侮辱我不緊要，侮辱我的朋友，我會跟你……死過！

不再盲目堅持，沒再任意放肆，
因為朋友關係，僅此一次。

我才不會因為怕你而尊重你，
我是因為服你而尊重你！

欺負弱小而得到快感——
其他生物叫弱肉強食，而人類叫滿足慾望。

沒有人讚你的 Post 不是你寫得不好，只是你長得醜。

跳出那個關着你的圈子，然後問自己，為咩？

有些不需要解釋的事，當你開始解釋，就輸了。

可以用錢買到甚麼？情人、幸福、快樂？
不，問題是，這些東西⋯⋯根本不需要用錢買回來。

世界上，沒有誰，沒了誰，就不能生活

其實，「已讀不回」總好過「已回不讀」。

有時，不是怕敷衍，而是怕敷衍的時候，
他正陪着誰。

你說放不低？想想上次那個哭得死去活來的自己，
你不也是說⋯⋯放不低？

不去想他，他就會記起你。
好吧，別想他，放過自己。

有時，不懂憎恨一個人，蠻辛苦的。

就算沒發生甚麼故事，也不會忘記你的名字。

就算，不能重新開始，
也要，懂得適可而止。

有種愛的方法是：
仍喜歡、還掛念、尚在意，
卻沒有強求在一起。

只不過剛剛擦身而過，就無謂記得太過清楚。

有時，無論你付出多少，得不到就是得不到。
別太難過，總有些時候是非走不可。
有種關係是……不能忘記，卻能回味。

只差一步，就可以狠心放棄，
為何仍要，去選擇繼續愛你？

你痛苦一個人過？還是，他不是一個人過？

放心，有太多痛苦的事與願違，最後會變成了不值一提。

為何，逃避提起？
只想，加速心死，忘記，這一個你。

無論關係最後變得如何生疏，也曾經互相信任過。

總有些人，永遠不知道放棄一個人會是甚麼感覺，
因為，總是被放棄。

我：「他拍拖了。」
你：「我不在乎！」
我：「我還沒說他是誰⋯⋯」
你⋯⋯真的不在乎嗎？

或者，你並不完美；至少，你忠於自己。

其實可以聯絡你，
不過，決定把故事完結在曾經。

其實又愛又恨就是因為有愛。

沒有我，願你生活過得很好，
只不過，暫時不要讓我知道。

通常，當失去一段時間之後，
才會發現自己不甘心大過愛。總有天你會發現。

其實，你在乎的才不在乎你在乎甚麼。

想着一個人……也許是種快樂，
想着一個人想着另一個人，痛苦。

你的故事寫在我的故事中；
你的回憶藏在我的回憶裏。

有時，原諒一個人，不是因爲他的合理解釋，
也許就只因四個字，你還愛他。

· October

說出眞相，痛一時；
繼續說謊，恨一世。

再不是戀人，也做不回朋友，
卻會在腦中佔據了一片回憶。

我們總愛把，虛構的煩惱，真實地面對。

只屬於你的要珍惜，不屬於你的請心息。

有一種慈悲，會帶來遲悲；
有一種疼愛，會變成痛愛。

有種感覺叫錯覺，有種好人叫騙人。

通常，回憶裏存在太多幸福的畫面，
以致分手後更加的痛苦。

你把愛情還給我，然後借出了回憶。

沒人可以拿走你的回憶，直至，回憶的人再次出現。

回憶，還是要有歌曲襯托，才變得更刻骨銘心。

有種傷口，輕輕一碰就會痛，那叫……回憶。

你家中的牛仔褲多？還是曾經的女朋友多？
妳換手機的速度快？還是換男友的速度快？
對不起，又讓你回憶了。

你試過「失戀」但未「分手」嗎？還沒完；
你試過「分手」但沒「失戀」感覺嗎？完了。

兩個人分手，就代表有另外兩個人得到戀愛，
也許，衍生四個人的永遠……分手快樂。

單身的，你不會愈來愈貶值，
相反地，你只會愈來愈罕有。

單身的快樂，你要懂；單身的痛苦，別要忘。

吵架最少人數需要兩個人，停止吵架只需要其中一個；
戀愛最多人數只能兩個人，分手離開只需要多出一個。

有甚麼是出手輕傷害卻更大？
是愛情。分手要狠，只因太輕會令對方更痛苦。

你是喜歡一個人?還是喜歡一個人?

你最熟悉的陌生人是誰?
可能就是那個假裝不認識你的前度。

年紀愈大,淚線愈發達,
不是我們對抗不了煽情,而是我們經歷多了。

不知道有誰會跟我一樣,
有時,在車上聽歌也會不禁泛起淚光呢?

有時,反覆的練習,反而令你記憶猶新。
忘記,是書本沒教授的課程。

你有試過嗎?
最初「瘋狂去」愛一個,最後「拼命要」忘記他。

你為誰而生存也可以,但,為甚麼你要忘記你自己?

有一種痛苦是這樣的:
明明自己很易哭,卻對着他已經哭不出來。
這種痛,最可怕。

妳們的感性，來自一種觸及心靈的感覺，
沒有邏輯、不用推理，
要哭的時候，眼影下的淚腺，
就會滲出純潔的淚水……男人總是不會明白。

願意代你痛、願意代你哭，
卻代替不了那個不關心你的他。

要你未試過快樂得笑到不能入睡，也必定試過一個人哭到睡着了。
哭過，才知道甚麼是……堅強；要笑過，才懂得甚麼是……珍惜。

結束才知眞正開始，開始才知一早結束。

遺憾就是，當分手說我們已經沒有以後；
但後來又獨個夜深懷念以前。

把過去當成一種遺憾，總好過，把過去當成還有機會。

當前事帶着一點點遺憾，那後來才變得更有價值。

本來，曾經很需要，後來，已經沒必要。

遺憾是一種最徹底的回憶，但回憶不代表完全是遺憾。

到不了的是永遠；改不掉的是曾經。

曾經放棄，才可以，放棄曾經。

曾經的痛苦未算痛苦，曾經的快樂才最痛苦。

有句英文，一直以來都覺得很有味道，
帶點遺憾、帶點快樂……「When I was young……」

有些事，要經歷多次失敗，才會明白；
有種愛，要遇過無數失去，才能得到。

沒有擁有過，又怎怕失去？不曾快樂過，又怎會痛楚？

沒有失去你，只因不曾擁有你；
不去擁有你，只因害怕失去你。

你不能再依賴一個離開你的人，很痛。
你不能再離開一個依賴你的人，很甜。

或者你不相信注定，
不過他突然的離開，也許是必然的結局。

離開的價值，會在真正放下之後，才會出現。

我們都很不小心，不小心地愛上了一個人；
我們都太過小心，太小心地失去了一個人。

失戀，都很公平，你失去最重要的，他同樣失去。

在戀愛中，一句「對不起」能夠代替甚麼？
代替已改變的心？已失去的愛？還是不能回頭的背叛？
一句「對不起」背叛了整個世界的「我愛你」。

不得不離開而離開，總好過，不得不離開而留下。

153

當眞相出現時，現在的你只能苦笑，
未來的你會覺得可笑。

有一些東西，知道得愈少，快樂維持愈久；
有一種感覺，失去得愈久，痛苦持續愈少。

我甚麼也不怕，最怕，在我已經習慣沒有你的時候，
突然，聽到你的消息。

一個人呆呆的，沒有情緒、沒有表情，
這個自己……很寂寞。

不肯承認寂寞的人，不懂承受寂寞。

有些人，流淚念過去，微笑冀將來。

不斷用掛念去填補痛苦的傷口，根本就是在傷口灑鹽。

寂寞是一種病毒，尤其在節日更猖獗，
有些人終生免疫、有些人交瘁心力。

合上眼睛，也能清楚感覺到他的每一個動作與笑容，
代表了，你已經愛上了他。

經歷過付出代價，才能夠不再待嫁。

有些關係，可以一直保持新鮮，
方法很簡單，只要不要太接近就好了。

通常，你如何對我，
我就如何對你的愛情關係，都不太長久。
只因，愛情怎可以計較？

女人的妒忌是……明知是假的也要妒忌，
男人的妒忌是……未分是真假也要妒忌。

有種關係，比陌生人更陌生，這種關係，叫……情侶。

October

男人只要有自信，窮也可以很吸引；
女人只要懂矜持，醜也可以很勾魂。

看一個人有多疼你，不是看他平常對你有多好，
而是在吵架時他會怎樣對你。

靠化妝，每個女人都可以是美女，內在才最真實；
懂說謊，每個男人也可以是好人，內涵才最重要。

女人的密碼鎖很複雜，
不過，只要你不小心按中密碼，她就屬於你。
男人的密碼鎖很簡單，
不過，只要妳不要按中那密碼，他就屬於妳。

別介意他們的新故事快樂開始，才能把你們的舊故事痛苦停止。
這不是寬宏大量，是一種成長。

努力過，才有資格說際遇不好；
崩潰過，才會明白能擁有多好。

長大，是自己經歷思考的過程，
而不是別人說甚麼你就做甚麼的倒模。

我們都是……
一路跌倒，一路學會走路；
一邊受傷，一邊學會療傷。

有甚麼比沒有夢想更糟？就是……擁有夢想而不實行。

當有一天，
你發現有些舊歌愈聽愈有味道時，證明你已經長大了。

小時候的妳總愛說：「請帶我走！」
成長後的妳學懂了：「我自己走！」
小時候的你學懂了：「永不放棄！」
成長後的你總愛說：「何必堅持？」

每一場偶遇，也是成長的見證，
而且，你不會知道哪次偶遇會變成……永遠。

在清醒之前盡量崩潰，然後，又成長了不少。

我承認，你給我的回憶永不磨滅，
不過我就是靠痛苦的回憶而成長，謝謝你。

或者，你沒有的，總覺得比別人多，
不過，你擁有的，其實不比別人少。

這世界的確有趣，虛假其實是真的，真實反而是假的。

定下目標的人很多，下定決心的人很少。

就算控制着世界的是別人，
至少主宰你自己的還是你。

最了解你的人，不一定是你的朋友，
反而是你的敵人。看！你又被看穿了。

何需跟着別人而走？只行屬於自己的路。

當你選擇走自己的路之時，有些人總會說你走錯路。
走路是用你的腳，而不是他的口。

通常知道自己有問題而不去解決問題的人都說自己沒問題。

當你成功了，你的朋友都知道你是誰；
當你失敗時，你才知道誰是你的朋友。

對！我們再不能回到曾經單純的過去，
但！我們不可以忘記曾經單純的自己。

上一代說一代不如一代；
這一代又說一代不如一代；
下一代又再說一代不如一代；
難道，「不屬於」就等於「不如」嗎？

你知道嗎？最愛打擊你的笨蛋，
其實，一直最關心你。

你可以自艾自怨，但不能自亂方寸；
你或者充滿計算，卻別要不擇手段。

在人類社會中，
偽裝天使的善良比真實魔鬼的兇殘更可怕。

他說：「當我回頭時，妳還會在嗎？」
她說：「當我答會時，你會回來嗎？」
然後，他們說不出話來。問別人之前，不如，先問問自己。

他說：「手冰冷的女生都很可愛。」
她說：「手溫暖的男生都很熱血。」

她說：「我的禮物呢？」他說：「今年沒有。」她說：「為何？」
他說：「我想儲多四十年後才給妳。」她說：「是甚麼？」
他說：「一個伴你終老的男人。」
然後，她咬着他的嘴唇，一起傻笑了。

她說：「其實，我朋友不多，所以請珍惜我們的友誼。」
他說：「其實，我朋友太多，但只有你的才值得珍惜。」

他說：「生活就是不為五斗米而折腰！」
他說：「其實為五斗米總好過為三斗。」
現實，卻有種……淡淡的悲哀。

她說：「從陌生走向你，然後再陌生。」
他說：「因寂寞離開妳，然後更寂寞。」

縱使你，現在潰不成軍；總有天，能夠軍成不潰。

別要跟那些多天也從不賴床的人成為敵人，
他們的決心……非比尋常！

做好人沒好報？對，不過，做壞人將會……死得更慘。

the tenth
month of
the year
in the Julian
and Gregorian Calendars,
and the sixth of
seven months
to have a
length of
31 days

貶低自己的能力？沒人比你更優秀。請拿出你的自信。

沒有昨天的你，沒有今天的你，請跟去年的自己說句謝謝，
只因，在這艱辛時代生活的你，還未死去！

沒有話題或是無聊的時候，我們都不自覺拿出手機，
解鎖，翻動幾頁，鎖屏，又放回褲袋。你呢？

我們都不喜歡被取代的感覺，
尤其，在自己最擅長的項目上。

都市人都有一種模糊，為了生活而工作？
還是為了工作而生活？

你的身份是「自己」，你的工作是令「自己」快樂，你的工資？
幹！你連工作也做不好，誰給你工資？

快樂原本就生活在痛苦裏，
它不怕你抽它出來，它只怕你刻意收藏。

#6

DE
CEM
BER

別人從沒想過認真，你就無謂入戲太深。

尊嚴，除非是你自己拋棄，不然誰也不能奪走。

愛情、友情、親情，請原諒我，
不擅長把每段關係也處理得很好。

志氣，在於自己，而非在於，別人。

你永遠不能滿足所有人，
就好好做你最愛的身份。

別怕成績未如理想，人生還有很多方向。

你成為了小時候討厭的人，
然後說自己一點都不討厭？

你死過了，請重新開始活着。

你沒傷過、痛過、跌過、經歷過，
你怎去開解那個當局者迷的死蠢朋友？
共勉之。

回憶、過去、經歷，不是讓你變得更苦，
而是讓你變得更好。

如果你有試過應該會明白，
有時躲開一個人不是憎恨、嫌棄、討厭，
而是⋯⋯太喜歡。

你們一起住多久了？
我說那個⋯⋯一直住在你心中的人。

你有沒有試過，在朋友的相片中，
尋找有他的相片？偷看他的近況？

其他的事我不知道，
但沒人比我更清楚，我有多愛你。

喜歡一個人的感覺是，當你說完晚安，
等他回覆後，你還想打些甚麼再回應他。

有種關係是，你們永遠不能完全得到對方。

花時間去在乎一個不在乎你的人，
是因為你覺得⋯⋯還有可能？

165

別人從沒想過認眞,你就無謂入戲太深。

對某人絕情是件好事,
總好過你還存有一點點的希望。

我知道你愛甚麼,
所以,我知道你在憤怒甚麼。

有種不能擁有,反而愛得長久。

有些東西失去了才懂珍惜,不過,同樣地,
有些東西失去了才知根本不需要珍惜。

圓。其實,就算有一日會玩完,
就會有一日會復原。完。

不接觸、不見面、不打擾,
就安分守己地放在心中好了。

到了某個年紀,
你,很多事情都清楚,很多故事沒結果。

回憶起來，教會我最多的人，都是傷害我最深的人。

有時，明知沒有結果，依然，選擇重複犯錯。

未夠痛分手嗎？再傷一次吧。

每年的聖誕節，也會想起，某年的聖誕節。

沒有耶穌基督，沒有聖誕，沒有聖誕老人，
不似聖誕，沒有你，不如沒有聖誕。

在不在乎你的人面前表演，
是在博取表現？索取可憐？
還是，只想留在他的身邊？

可不可以開發多一個「三剔」功能，
讓你知道，我看了你的已讀不回了。

我佩服你費盡心思去討好一個人，
同時，你知道他不會愛你。收手吧。

你還一直不明白？
你給別人不需要的東西，還要別人好好珍惜？

犯賤就是，當你知道他不喜歡你時，你才更喜歡他。

你是嫌他不夠殘忍？
還是覺得自虐應分？
放手吧。

你有沒有喜歡一個人喜歡到連未來的孩子的名字都已經想好？

他有錢？她貌美？
有本事你就去找一個比我更愛你的人。

最愛你的女人，或者，總會用你討厭的方法去保護你。
但別忘記，她是無條件地付出的。

你變得勇敢，只因出現了要保護的人；
妳變得溫柔，只因出現了保護妳的人。

從來，溫柔也不是與生俱來的，都是為了你。

別忘記，曾經有一個人很愛你。

你們是從何時開始，由「生死之交」，
變成只是「按讚之交」？
還留下來的，才是「莫逆之交」。

身邊總有幾個，把你完全看透，
而不會討厭你的人，這就是真正⋯⋯朋友。

兄弟是，一句說話，全部明白；
兄弟是，一個電話，全部到齊。

本來想找某人聊天，打開手機看，
才發現最後留的訊息是自己，然後，還是算了。

休息，為了走得更遠，
忘記，為了下段溫暖。

你的缺陷就是想得太完美。

無論你是怎樣的人，
總有人希望遇上一個像你的人。

魅力就是，你要成爲大多女生都喜歡的男人，
同時……你只愛一個女人。

人類，有一個非常有趣的習慣，
總是把新的東西取替好的東西。

有時，回憶過去的人和事，
不是爲了你，而是回憶曾經的自己。

最怕，慢慢變成陌生的過程，那無能爲力的心情。

或者，他愛得比你早，
不過，你陷得比他深。

有些兩個人的回憶，
只要一個人覺得重要，已經……足夠了。

遇上你是時機，卻輸給了……時差。

沒甚麼，不只你一個，世界上有很多人跟你一樣，
也總會有不能得到的人。放過自己。

現在很掛念他就盡情去掛念，
因為，總有一天你會忘了他。

每次都想問朋友，你最近好嗎？
其實還是想親口，說好久不見。

不在你身邊以後，卻在你心裏逗留。

痛苦到一個地步，眼淚會跟你說身不由己。

真想知道，當別人突然提起我，
你會是甚麼表情。

偶爾掛念，不足為奇，
終有一天，笑着回味。

如果，你從沒出現過，如果，你覺得還不錯，
如果，你其實在愛我，如果……可惜沒如果。

變得對誰也漠不關心，都只因曾經思念成癮。

你試過嗎？把會聯想到他的東西也收起來。
然後，又想起他了。

最怕，Random 播放聽到《突然好想你》，
然後，突然好想你。

不想見到你受傷，卻無能為力說要堅強。

有種感覺是……
朋友：「介紹給你認識？」
然後，你搖搖頭笑着說：「還是算了。」

那個曾經牢牢記住的電話號碼，
總會有天忘了也覺得無傷大雅。

你只不過是得不到他，
別誇張成你有多愛他。

別要控訴，總有天，
那些苦惱，將會變得微不足道。

無論，你是甚麼星座，
要有放手，才有然後。

誰也不聽的你，我還是跟你說，
他的任何事已經跟你沒關係。

愛是一個人的事，相愛才是兩個人。

習慣了，你不會知道自己多愛一個人，
除非，他多愛一個人。

爲何，往事，重提？
只因，回憶，太深。

愈快樂的回憶，想起了愈痛苦。

寧願不見。
我只會在回憶中，尋找從前你愛我時的樣子。

沒有痛苦的回憶，便沒有現在的你。

回憶這兩字是痛是甜也好，都代表……已經過去了。

有些人，值得等，有些人，等來也沒用。

為何現在念念不忘？只因回憶咄咄逼人；
為何現在耿耿於懷？只因回憶歷歷在目；
為何現在依依不捨？只因回憶滔滔不絕。

曾經痛苦的回憶總比快樂的回憶來得更深刻，
也許，這就是一種不能控制的自虐。

最初有種寬恕，最後變成殘忍。

來測試一下，閉上眼睛，第一個想起的人是誰？
是現在式？還是……過去式？

有些人選擇性結交朋友；有些人結交朋友選擇性。

有些人，喜歡裝堅強；有些人，最愛假崩潰。

孤獨說：「我不甘心！」
寂寞說：「爲何？」
孤獨說：「我跟他的關係出現了小三！」
寂寞說：「誰？」
孤獨說：「他叫……愛情。」

當他懷疑那分手的決定時，這證明還未想放手；
當他肯定未來幸福不多時，這代表已經想換人。
可惜，他在想甚麼，我們永遠不會知道。

那天，你說天長，我說地久，
然後牽手，不久分手。循環，不息。

拖泥帶水？不夠狠請別分手，絕情是有代價的。

你最近好嗎？WhatsApp 中，看見兩個 √ √ 然後是漫長的等待，
最後，沒有回覆——就算，你在乎的人已經不在乎你也好，
至少，得到了一個人的浪漫。

分手後，寧願從未愛過這個人，不夠痛；
分手後，才知原來喜歡這個人，更痛苦。

纏着你的，不是分手時的痛苦，
而是，曾一起的快樂。

他討厭你又如何？
你的生存價值根本不是用來取悅他。

學會自愛之前，請學會忘記；
學會忘記之後，便學會選擇。

我們最懂忘記甚麼？對！
為了別人，忘記自己！

不騙你，有時微笑只是禮貌，不代表快樂，
說真的，有時流淚純屬感觸，與痛苦無關。

說的人總會忘記，聽的人都會記得，
是甚麼？……承諾。

練習了很久，才學會不輕易掉眼淚？

眼淚，暗藏幸福；
微笑，掩飾傷口。

有些故事不能忘記的原因，
只是他留給你太多回憶了。

當我們找出了答案之時，卻忘記了最初的問題；
當我們找到了愛情以後，卻忘記了熱戀時感覺。

只得一半的緣份……就是遺憾。

誰也做過別人曾經最重要的人，
只不過，現在的那位不是你而已。

無奈就欠緣份，最後變成遺憾。

原諒，分兩種。
當你能原諒現在傷害你的人，代表你還是愛他；
當你能原諒曾經傷害你的人，證明你不再愛他。

曾經無知，求你別走；學會獨立，拜你所賜。

曾經奮不顧身、曾經死心塌地，
會說曾經的人，都曾經曾經過。

曾經，寧願犯錯，不留遺憾；
後來，只留遺憾，才知犯錯。

有種「不甘」，能蠶食你餘生；
有種「遺憾」，能後悔你一世；
但有種「快樂」，卻滿足你一生。

愛你，是曾經，
然後，有一天，恨你，也變成曾經了。

遺憾說：你不夠好，
是愛我不夠早，錯過了便沒有回頭路。

永遠，只是剛好比你擁有的時間長一點，
結果你失去了。

有時，人可以留下來，感覺卻已經飛遠了；
有時，感覺還未離開，人卻已逐漸走遠了。

你能夠得到了今天的幸福，
只因你曾失去當天的幸福。

患得患失，
有時比真正擁有與永遠失去來得更有感覺。

盡量別把依賴變成了一種習慣，
失去後你就會知道甚麼是後悔。

那天，失去了他，學會獨立；
習慣獨立後，學會堅強；
習慣堅強後，學會珍惜。
——失戀萬歲。

傻瓜，寵壞你，是我最高的心計。
假如有天你要離開我另覓新歡，
你會發現沒一個會比我好。

你給我的愛從來沒有離開，只是……人離開了。

寧願找個我們都總是失去了才懂珍惜，
可惜，懂珍惜也不代表不會失去的。
藉口借故地離開；也不相信砌詞承諾而留下。

那個沒法替代的人離開後，
原來，又會出現別個沒法替代的人。

習慣沒有了你，但……習慣每天想你。

寂寞，能令你痛苦，更可怕的，
它會把你交到一個根本不能給你幸福的人手上。

靜靜的思念，隱隱的作痛。

掛念你是娛樂，你不知是事實。

相遇，只因互相寂寞；分開，只因互不快樂。

大致上，拿電話的手不是你寫字的手，
總好過，傾電話的人不是你想念的人。

雖然，我不再想起，不過，我不會忘記。

有些人，不能加上＝（等號）；
有些人，只能加上？（問號）；
有些人，只有「（開引號）。

我們都知道化妝能讓人變得更美，
但同時，我們也知道卸下妝的美，才是，真正的美。

女人強烈的忌妒心，是男人做成的。
男人弱小的自尊心，是女人給予的。
——悲劇，就在這樣與那樣之間發生。

朋友，有些男人是靠不住，有些女人是惹不起。

有一種女人嫁給誰都幸福？
但有更多的女人嫁給誰也埋怨。

我發現女人是最有原則的動物，她們的原則就是「看心情」；
我發現男人是最有承諾的動物，他們的承諾就是「不騙妳」。

有一種藝術家叫「女人」，成名作是在交通工具上⋯⋯化妝；
有一種名演員叫「男人」，成名作是在床上說：「我不是壞人。」

男人的責任，是保護深愛的女人，
而女人的責任，只需要被男人保護就可以了。

有些人，會很易有好感，卻不輕易愛上。

就因你在那時對一個陌生人的一秒決定，
他就成爲了伴你一生的人了。

男生總愛討好難追求的女人，這是天性；
女生總愛馴服難安定的男人，這是母性。

時間移動的速度，明明是統一的，但偏偏我們都覺得它走得很快，
轉眼間，我們已經成長到再不迷戀偶像、
再不任意妄爲與放縱……再不很輕易地相信愛情。

除了你自己，沒有人會阻止你變得更好。

誰說向現實低頭就不能繼續擁有夢想？

假如，想每天精神，首先要做的，就是快去睡；
假如，想完成夢想，首先要做的，就是醒過來。

我們會因得到一個人而長大，
同時，我們更會因失去一個人而成長。

你不能留住時間，但可以準備時間。

每天叫你起床的除了鬧鐘，還有夢想；
每次讓你流淚的除了痛苦，還有感動。

有時，放下自尊選擇放棄，不是失敗，而是成長。

讓你急速成長的人，有很多；
把你拿來成長的人，也不少。

成長就是懂得放開、選擇收藏。

每個男人身邊，總有幾個女友說的豬朋狗友，卻兩肋插刀；
每個女人身邊，總有幾個男友說的三姑六婆，但姐妹情深；
每對男女身邊，總有幾個不能說的曖昧知己，卻一世交心。

人愈大愈難找真正的朋友，不是你人際關係變差，
而是你懂得選擇誰能做你的真正朋友。

你不能擁有別人擁有的，但你已得到別人沒有的。

一個人哭、一班人笑，是在世出生，
一班人哭、一個人笑，是無悔人生。

請謹記，看穿一個人而不說穿，
是一份需要學習的生活智慧與藝術。

一個明白你爲甚麼哭的朋友，
好過一萬個只陪你笑的朋友。

通常，我們走到終點之時，
才發現這裏只是別人的起點。

忘記了最初的自己，才會變得無惡不作。

知足常樂的領悟，總是出現在失敗之後。

甚麼是孤單？就好比無綫與亞視的差異。
一個年年有人為他慶祝生日，一個連幾多歲也沒人知道。

永恆的價值，不是金錢，而是，你留下來的歷史。

一首你最最最最最喜歡的歌，
只要變成了叫你起床的鈴聲，就會變得特別討厭。

她說：「素顏有自信，化妝是危機。」
他說：「窮困有人性，富有變人渣。」
她說：「化妝有自信，素顏是危機。」
他說：「富有有人性，窮困變人渣。」
一樣米養百樣人。

他說：「女人唯一不變的就是善變。」
她說：「男人最易善變的就是不變。」

他說：「我跟妳說，我只是放棄，不是忘記。」
她說：「我跟你說，我只想忘記，不想放棄。」

她說：「童話故事裏男主角的名字都叫王子，
讓人懷疑灰姑娘白雪公主睡美人是不是全都被同一個王子睡過。」
他說：「童話故事裏女主角最後也會變公主，
讓人懷疑小矮人青蛙王子阿拉丁是不是全都被同一個公主騙過。」

她說：「失眠跟單身一樣，習慣就好。」
他說：「熟睡跟熱戀一樣，不會太久。」

她說：「其實男人一生出來就是騙子，
幸運的女人找到大騙子，能騙她一世，
不幸的女人找到小騙子，能騙她一會。」
他說：「其實女人一生出來都是傻瓜，
幸運的男人找到大傻瓜，能騙她一世，
不幸的男人找到小傻瓜，能騙她一會。」

有時，我們總要笑得很虛偽，
但，這亦代表了堅毅生活的笑容。

太多人只看你的成就有多少，
太少人關心你的疲累有多少。

你妒忌甚麼，就偏不會得到甚麼；
你嫌棄甚麼，就偏繼續擁有甚麼。

讓討厭你的人愈來愈不爽其實是一種樂趣。

匯入的聯絡人愈來愈多，吐出心事的卻愈變愈少。

當還能發聲，為何要選擇沉默？
當還會思考，為何要選擇妥協？

70 後、80 後、90 後，甚麼後也好，
有一種「壓力與重量」，是如何辛苦也值得的。
壓「力」與重「量」加起來，不就是力量了嗎？

我們都忘了為甚麼呼吸。
為了別人的公司？
為了明星的小孩？
為了官員的醜聞？
誰會記起，為了自己的人生。

只要做錯一次，別人就會輕易忘記你所有的好。

December got its name from the Latin word decem (meaning ten) because it was originally the tenth month of the year in the Roman calendar, which began in March. The winter days following December were not included as part of any month. Later, the months of January and February were created out of the monthless period and added to the beginning of the calendar, but December retained its name.[9]

In Ancient Rome, as one of the four Agonalia, this day in honor of Sol Indiges was held on December 11, as was Septimontium. Dies natalis (birthday) was held at the temple of Tellus on December 13, Consualia was held on December 15, Saturnalia was held December 17–23, Opiconsivia was held on December 19, Divalia was held on December 21, Larentalia was held on December 23, and the dies natalis of Sol Invictus was held on December 25. These dates do not correspond to the modern Gregorian calendar

• December

AN

OTHER

MON

TH

學懂了放棄，學不會忘記。

其實，當你喜歡一個人時，
同時也賦予他傷害你的權力。

就只有一個人會記起的回憶，
其實，已經足夠了。

不用提醒與對話，忽然想起那個他。

或者，最怕想起的事，
只因，最放不下的人。

也許，有一天，我也只能成為你的回憶。

難以拒絕的美，通常不屬於你。

假裝⋯⋯記不起；
真相⋯⋯忘不了。

有種堅持，叫執迷不悟，
有種努力，叫白費心機。

想死心不要等待，愈等待愈不心死。

錯過了，就不能再擁有，回憶卻長存。

那天，你離開，教曉我甚麼叫珍惜；
今天，我回頭，明白了甚麼叫回憶。

過去就讓它放在回憶之中，
這樣他才可以永遠陪伴着你。

現在的眼淚，
寧願用在回憶過去，也別用在展望未來。

年青時的愛情故事最沒安全感，
卻偏偏給我們最多回憶。

有些人，你明知不會再見，
反而不斷在你腦海中相遇。

我們都在聽歌，其實，是在聽自己的故事。

假如緣份是一場陷阱，那沒有東西比單身更安全。

愛情就像仙人掌愛上海膽，總是不知不覺間傷害對方，
然後分手了，再然後找到隻刺蝟，故事又重複。

他愛上你，沒甚麼理由。
他要分手，一萬個理由。

假如，世界上所有分手理由都有答案，
你會比現在的死去活來痛苦十倍。

有時，一個人的浪漫比兩個人的浪漫更浪漫。
有時，一個人的痛苦比兩個人的痛苦更痛苦。

當分手後還是朋友，叫愛過，
做朋友但暗地喜歡，叫愛着。

他到底為你做過甚麼？
他做得最好的是，跟你分手讓你重新開始。

感性的人最不守承諾，
當你答應自己不再流淚時，眼淚流下來了。

不斷付出的確很累，不到崩潰不懂入睡，
不想放手還可怪誰？傻瓜……一直落淚。

我們會很易忘記一個對你好的人，
卻不會忘記一個對你狠的人。
對，這就是慣性自虐。

當天，絕情離去；這天，回來贖罪。
然後，流下眼淚，說：那天，已成過去。

很想知道卻不能知道，他在掛念你，
還是已經忘記你，這就是距離的定義。

學懂了放棄，學不會忘記。

通常笑得最快樂的人，
哭的時候比任何人更聲嘶力竭。

回憶裏的那個人，已經……忘記你。

當值得讓你哭的人不讓你哭，這，就是幸福。

放棄？你說得從容不迫；其實，你一直只在掩飾。
內裏？你還是死心不息；結局，你只能遺憾回憶。

留下，不幸；離開，遺憾；選擇，苦等；
怨天，尤人；責怪，緣份；也許，這就是一種命運。

嘿，很諷刺的，曾經被我愛上而沒有愛我的，
都很幸福快樂。你呢？

很多，上一秒放棄的，下一秒遺憾；
很少，上一秒遺憾的，下一秒放棄。

如果未試過哭得死去活來，
別說你曾經有多愛一個人。

曾經，你的成長速度，追不上她的生活需要，
直至，她的年華老去，配不上你的自信微笑。

當你往下看着 Timeline 時，過去愈來愈多，
你就會發現，除了自己，原來寫得最多的是他。

曾經，我跟陌生的，說你好；
最後，我跟熟悉的，說再見。

曾經，走得很近，我們都分享大家的秘密，
現在，出現隔膜，只因你變成了我的秘密。

沒做而後悔比做了而遺憾的痛，更可怕。
一直在等、一直在等，不是在等他回來，
而是在等痛苦早日離開，結果……愈等愈痛。

把失去當成收穫，用離開換取快樂。

假如留下的理由敵不過離開的決定，
那你繼續留下，然後，後悔、然後，正式死心。

雖然，他離開了你的生活圈子，
但是，你也進入一個全新開始。

在快要失去的一刻，是最愛，也是最痛。

失去喜歡的人並不可怕，害怕再找不到才是笑話。

妳是棉花，累積愈來愈多時，眼淚總會不禁流下；
你是膠擦，歲月愈走愈遠時，發現已經失去很多。

世界上總有一兩個人，能讓你失去理智，
同時這一兩個人通常，能使你粉身碎骨。

寧願徘徊，不願離開，叫浪費時間；
寧願離開，不願徘徊，叫已經習慣。

很可悲的，有些離開並不是真正的離開；
更可悲的，有些存在卻不是真正的存在。

不再浪漫、失去熱情、已經習慣、沒有驚喜，
但你依然珍惜他，這……就是愛。

你失去甚麼，才會擁有更多；
你最後錯過，才會想起最初。

有太多人寧願被情人虐待，也不想給自己寂寞。
其實分手，不是結束，而是新開始。

別把無法改變的壞習慣，說成無需改變。
例如思念。

其實習慣了寂寞也許不壞，
一個人的世界也可以很大。

戒掉了擁有，想念卻上癮。

每個對手也有屬於他們的使命，他們未必能跟你一生一世。
有些是使你長大，有些是令你珍惜，
有些不是怕晚上，只是怕寂寞；不是怕早上，只是怕清醒。
不是怕寂寞，而是怕床上只有我；不是怕清醒，而是怕醒來沒有妳。
是讓你一世掛念。

還記得嗎？
只得一個人聽到自己的哭聲，這樣……很寂寞。

每個人的寂寞也有限額，現在很寂寞？
這代表你未來會活得一點都不孤單。

當你發現寂寞都說你可憐時，這才是痛苦的最高境界。

能共度一輩子已經很難，能相愛一輩子更難。
共度不等於……相愛。

努力工作就是為了未來不用工作；
走在一起就是為了未來一起在走。

熱戀時，是這樣的……
她說：「我可以不行街、不買衫，就是不能沒有你。」
失戀時，是這樣的……
她說：「我要瘋狂行街、狂買衫，就是為了忘記你。」

Like 你，除了喜歡你的東西，還想跟你說：
「我還存在於你的世界。」

有些關係，隔着時差。
也許，從前的你會喜歡現在的我，可惜，在我最差勁時你遇上了我。

女生都在等一個會跟她說「我會養妳！」的男人，
通常，最後才發現，還是自己養自己比較好；
男生都在找一個會跟他說「不嫌棄你！」的女人，
通常，最後才發現，還是自己信自己比較好。

如果你說女人不貪靚，
就像一個盡忠職守的執法人員對我說盜亦有道一樣。

女人除了喜歡欣賞悲劇，更享受置身悲劇；
男人除了喜歡欣賞慘歌，更享受投入慘歌。

有一種關係，不是隔了一層，而是隔上一世。

被一個曾經深愛的人憎恨，
就算兩人已經再沒有任何關係也好，還是會痛的。

女人喜歡鑽石，是別人送的，而不是自己買的，
男人珍惜女人，是自己追的，而不是送上門的。

4吋高跟鞋說：「寧願愛美，也不怕會痛的表代人物，
是佔全世界人口一半的……女人。」

女人喜歡的女人與男人喜歡的女人是不同的，
不過，有一種女人，連女人也想親近。
可惜，這一種美麗，不可以一世存在。

比勝利更重要的是，從失敗中逐漸成長。

有些道理，要到某個年紀才會明白；
有些賤人，要至某段時期才能忘記。

很怕，真的很怕，
總有一天，會變成了曾經自己很討厭的人。

你可以執著，但要懂得何時放手；
你可以任性，但要了解將要長大。

如果沒有堅持下去的動力，那就找個重新開始的理由。
沒想到？那就請繼續堅持。

你幾時開始不堪回首又喜歡回憶？
你幾時開始朋友眾多卻感到寂寞？
你幾時開始暢所欲言又欲言又止？
你幾時開始選擇愈多但愛的愈少？
你幾時開始照顧女人又埋怨女人？
你幾時開始鍾愛男人又痛恨男人？

不要輕言放棄，即使失敗得像頭喪家之犬，
也是拼命地生存下去！

只要不放棄，就算失敗，
你會比別人擁有得更多。

愈是痛苦愈會急速成長；愈是成長愈會習慣痛苦。

我們不斷認識新朋友，又不斷跟舊朋友說再見，
最後留下來的，就是緣份。

別讓你最值得驕傲的事，變成你最痛苦的事。

有時，落空變得輕鬆；反而，成功後患無窮。

別讓未來的你討厭現在的自己。

能做到忠於自己，亦不可有負別人。

當你明白重色輕友是正常的事，你們的友誼永久長存。

知足最富有，貪婪更貧窮。

也許你誤會了，
人生，不是年老時安在家中，而是年青時奮鬥過程。

・Another

老爺爺說：「服從命令，然後收取金錢，
我的人生，就這樣過了。你的呢？」

其實，你的命運就是背負責任，
同時，你的責任就是面對命運。

有時寧願得寸進尺，也總好過得尺進寸。

承諾別人要做的事，沒有做好也算數，
但答應自己要做的事，也沒有做好嗎？

別把身邊的 Best friend 變成 Potential lover，
這樣，你很有可能會失去一個好朋友。

真正的朋友，根本不需要有福同享，
更不必要有難同當，真正的朋友，會介意這些嗎？

他說：「通常找個『美女』一起，日子都不會變得『美好』。」
她說：「通常找個『俊朗』一起，天氣都不會變得『晴朗』。」

她說：「所有的尋覓，也只是一個過程。」
他說：「所有的寂寞，也會有一個終點。」

她說：「人生中拿第一是最困難的。」
他說：「錯了。」她說：「錯甚麼？」
他說：「人生中最困難的是……一笑置之。」

她說：「爲何他的遠去，帶走一切美夢？」
他說：「只因失戀過去，只是過程一種。」

他說：「如果得不到的，才會變成最愛，
　　　　那我寧願，不要妳成爲最愛。」
她說：「如果相愛久了，總會變成失去，
　　　　那我寧願，不與你走在一起。」

世界上很多人都是天才，把聰明用在如何偸懶之上；
世界上太少人會做蠢才，把夢想放在如何實現之上。

有種失落，令人成長進步；
有種寂寞，就是生活態度。

人不能帶着錢離開世界，但錢可以令人離開世界。

手機關上，電腦關掉，你的生活圈子，還有幾多？

有些人看起來生活多姿多彩，但其實他們……很寂寞。

別傻，上天才不會讓壞人這麼容易死去，
它要我們繼續辛苦艱難地生活下去，
直至有天，終於……得到覺悟。

小時候，無理取鬧的時代，已經不能再回來。
成長後，忍氣吞聲的現在，怎樣才可以離開？

世界上還有太多人為了生存而痛苦，
你只是為了生活而痛苦，請捱過去！

24 小時不夠用？
那你就別用很多時間去討厭討厭你的人，
你會發現，時間充裕。

一個人的那個晚上，無意識地按着遙控器，
沒錯，這是寂寞的人指定動作。

沒有……相戀的滋味，
只剩……思念的權利。

放下過去的方法，就是，把他變成了回憶。

縱使，未能成爲他下任，
至少，成爲回憶一部份。

戀愛根本沒有眞正的答案，只有眞實的回憶。

重新開始之前，總會經歷煎熬，總要接近崩潰。

曾經說過的永遠，只能放在回憶……直至永遠。

有時，你認爲最重要的回憶，只是別人最噁心的過去。

無謂糾纏，在某位置結束故事能讓故事往後的回憶更多。

不重要的，他的回憶不重要的，
無奈，你又回憶起跟他的過去。

就算，一個你深愛過的人，
否定了你們的曾經，卻不能抹走你們的回憶。

回憶的時候，請盡量不要責怪自己，
因爲有些東西，其實已經過去了。

愛情就是，不需經常宣揚有多恩愛，
但當問我最愛的人時，我只想起你。

愛情最令人傷感的是……回憶；
愛情最令人快樂的是……又是回憶。

有經歷，世界才有歷史遺跡；
有過去，我們才有成長回憶。

其實，有些事情，不知道比知道來得更有意義。

當不能不留下的原因比不能不分手的理由更重要時，
悲劇通常就此發生。

單身時，總是很想重新投入戀愛；
戀愛了，總是覺得還有很多選擇。

當有喜歡的人而單身，跟沒喜歡的人而單身，
是……兩種感覺。

怎樣了？有本事愛上別人？
沒本事接受失戀嗎？你有本事就談一場不分手的戀愛！

假如說分手的是你，請狠心一點，
別再說甚麼捨不得，這樣捨不得分甚麼手！

寧願一個人，也不想兩個人後又變回一個人。

分手以後，你們反而變得很有默契……
你不再聯絡他，他也不再聯絡你。

說實話，勇敢地用微笑掩飾快掉下的淚水，
總好過，膽怯地用眼淚製造強裝出的笑容。

痛苦的過去，當然可以不去忘記，但卻要放下。

最想忘記心中的一句說話：
我記起，你應該忘記我了。

也許從來沒有忘記約定，只是忘了誰跟誰的約定。

幸福的眼淚，通常要經歷過痛苦，才會流下。

或者，曾經發生過的事你記不起，
卻不代表沒有發生過。

假裝忘記，騙了別人，騙不了自己。

你最愛的人最容易把你弄哭；
最愛你的人最常跟你說別哭。

說話會忘記，時間會過去，但感覺依然存在。

如果可以重來，我不想錯過了你。——這叫遺憾。
如果可以重來，我不想認識到你。——這叫痛恨。

謝謝，每一位曾經讓我愛過的人。

通常曾經愛得瘋狂，才會換來痛得經典。

當你有天終於領略到甚麼是愛，
曾經深愛的人卻已消失於人海。

其實，曾經擁有，才可以擁有曾經；
不過，現在沒有，不代表沒有現在。

讓故事完結在某一點之上，
就算是遺憾，也是一種最完美的結局。

時差，讓很多人遇上緣份；
可惜，讓更多人碰上遺憾。

沒有從前的他，沒有現在的你，
同樣地，沒有曾經的你，沒有今天的他。

行前接近，發現情不自禁。退後站穩，
才知掛念着緊。緣份？還是一種遺憾？

當緣份大於默契時，往往也未必能走到最後；
當默契大於緣份時，往往都會變成一份遺憾。

通常。說給你幸福是熱戀期。說祝你幸福是過去式。

愈習慣擁有，愈害怕失去。

緣份讓你相遇，不代表必能擁有；
緣份讓他離開，不代表失去所有。

有種人，忽然進入你的世界，
免費教曉你甚麼是痛苦，然後又突然的離開。

容忍有限度，寬恕有底線。
離開反而能到達新的開始。

理性，會隨着熱戀而離開，會跟着習慣而回來。

擁有沒珍惜，失去想挽留，是天生一對的。

我在心碎，只因已經失去；
你說得對，我們已成過去。

有時，你永遠不知道得到了甚麼，直到你失去的時候。
更可悲的，你永遠不會知道失去了甚麼，直到你得到的時候。

有種約定，就算離開，也要兌現。

有種擁有不能夠獨佔；
有些失去只能說再見。

或者，你擁有想一個人的念頭，
可惜，卻失去找一個人的理由。

你不會看見寂寞的我，只因我沒你在身邊才會寂寞，
但我看見了你的寂寞。

我平凡，但獨一無二；
我寂寞，但享受寧靜。

寂寞的顏色，原來是透明的。
看不見，卻感覺得到。

我們都很享受寂寞，同時，很害怕寂寞。

沒有手機的年代，時間觀念最強烈。
沒有愛情的時候，戀愛思維最清醒。

有時，要停止想念一個人，
比記起一個已經忘記的人，更困難。

掛念，因失去而來；
失去，但掛念存在。

如果，從那一刻開始的思念是一種懲罰，
我想，懲罰我一世也不足夠。

你來過一會，我懷念一世。

喜歡物質還喜歡物質，別連自己都變成貨物。

的確，女生最愛欺負寵她的男人，
而男人被欺負也是一種樂趣。

事先聲明，吻我的時候，請別想着別個。

男人，為了成功而流淚很困難；
男人，承認失敗而微笑更困難。

一段關係的完結，多數是放棄堅持才會堅持放棄。

賭博需要有上限，不然所有的賭場將會倒閉；
愛情需要有底線，不然一段關係將不會開花。

有時，不是真的想喝醉，
只是，現實生活得太累。

女人最先衰老的根本不是樣貌，而是化妝品下的自信；
男人最先衰退的從來不是體力，而是奮不顧身的衝勁。

未擁有，就擔心將會被婉拒；
已擁有，又害怕最後會告吹；
離開前，卻不懂戀愛的樂趣；
離開後，才後悔原來已失去。

假如，你以上床作為最終目標，
請照鏡，你的樣子已經出賣了你；
假如，妳把騙財視為最後勝利，
請卸妝，妳的樣子已經出賣了妳。

當你能夠徹徹底底做你自己，
而你愛的人不嫌棄同樣的愛你，這就是幸福。

一個男人一生之中至少要保護三種女人，
自己的女兒、公公的女兒、別人的女兒。

寧願戰死，也不僥倖生存下來，
然後，用一生的時間……後悔。

走過很多冤枉的路，
受過很多委屈的氣…… 才有你 。

被照顧的人最後也要照顧別人，這就是成長。

永遠不期待？永遠不假設？
那……我們人生還有甚麼意義？
就是因為要期待然後失望、假設然後失敗，我們才會懂得成長。

別讓你的夢想永遠只是夢；
別把你的理想永遠只有想。

回憶，是因你的存在而增長，
而你，又因回憶存在而成長。

人愈大愈看不清永遠在哪裏、愈不了解永遠的定義。

當那輕易地愛上別人的時代過去，
才是尋找永遠的開始。

別心急，有些東西在你未成熟之時，是不會來的。

別只用過去衡量一個人，
你算漏了一點，叫成長。

或者，你不是真正的快樂；
不過，你沒有想像的痛苦。

一個人的天長地久，如果沒有朋友支持，走不下去。

別跟當你是真正朋友的人說對不起，這是一種侮辱。

當你正討厭着你自己的人生，
其實有人正希望過你的人生。

別讓你最瘋癲的時代，成爲你最巔峰的時代。

避免不小心的行爲就是危險；
太過小心眼的舉動就是愚蠢。

有種妒忌，最不被人尊重，卻是最眞實的。
「我身邊的朋友……都很幸福。」

停滯不前的你，別再用從前的眼光看我，
我已經不是從前你認識，停滯不前的我。

其實，窮得人生有意義才是富有；
也許，蠢得被騙也不知才是幸福。

捫心自問。
除了捫心自問，還有努力實踐嗎？

世界上有兩種人我最敬佩：
1) 不斷成功不令自己失敗的人。
2) 不斷失敗而從沒有放棄的人。

有時，僥倖生存總好過委曲求全、
與世無爭總好過據理力爭。

世界上只得一個你，其他身份已經有人做了，
模仿來幹麼？

真心去支持一個你欣賞的人，
比自己成功來得更有滿足感。

地鐵內廣播：「列車已到達終點站，
乘客請帶好你的貴重物品落車。」
她說：「這就是終點？」
他說：「錯了，走吧，我的貴重物品。」
然後，他牽着她走出月台。

她說：「把愛，放在應該放的地方就好。」
他說：「在哪？」她說：「你先合上眼睛。」
然後，她指着他。

他說：「對抗手袋的誘惑時，也請對抗高跟鞋。」
她說：「對抗新歡的誘惑時，也請對抗舊情人。」

她說：「最愛的人，不會是跟自己一生一世生活的那個。」
他說：「我終於知道這句話背後的意義……
而且……你已經成為了我心中這個人。」

她說：「我認識的人愈多，愈覺得自己喜歡狗。」
他說：「我認識的狗愈多，愈覺得他們不是人。」

她說：「我不讓你知道我愛你，
只因我自知『沒有』比『擁有』更長久。」

每天醒來，我們都活在別人設計的世界之中，
每晚睡覺，我們才可以回到自己的幻想世界。

陪笑多了，微笑少了。

太多人只看別人的缺點，來證明自己也不是太差。

別脫下你的面具，要戴，戴一世。

現實是，不是你怎樣對人，別人就怎樣對你；
其實是，如你能夠看得開，怎樣對你又如何？

甚麼是恐怖？
當求學、娛樂、交友，全都為了工作時，
這就是恐怖。我們都身處恐懼中。

找半天，做你喜歡做的事，
找一晚，哭個痛快，然後回到現實生活中。

假如，
用過去的全部記憶換取未來的一世無憂，
我寧願辛苦生活下去。

往往，
是別人跟你說你很幸福，
自己卻不覺，是你跟朋友說自己很痛苦，朋友不相信。

孤泣特別鳴謝 — 孤泣小說團隊

由出版第一本書開始，只得我一人。直至現在，已經擁有一個孤泣小說的小小團隊。謝謝一直幫忙的朋友。從來，世界上衡量的單位也會用金錢來掛勾，但在這個「孤泣小說團隊」中，讓我發現，別人為自己無條件的付出。而當中推動的力量就只有四個大字 ——「**我支持你！**」

很感動！在此，就讓我來介紹一直默默地在我背後支持的團隊成員。

App 製作部：

Jason

傳說中的 Jason 是以戇直、純真、傻勁加上一點點的熱血配製而成。為了達成為一個 小小的夢想，忍痛放棄一份外人以為穩定的工作，毅然投身自由創作人的行列。希望可以創作屬於自己的 iOS App、繪本、魔術書、氣球玩藝書、攝影手冊、攝影集、IT 工具 書等。歡迎大家來 www.jasonworkshop.com 參觀哦！

編校部：

曦雪

曦雪，愛幻想、愛看書、愛笑愛叫的怪小孩，平時所有愛做的都不會做。歡寫作卻不會寫，說是因為懂寫不懂作。
Winnifred, 現實中的化妝師，見證多少有情人終成眷屬。喜歡美麗的事物，自成一角的審美態度：「美，可以是看不到、觸不到，卻能感受得到。」機緣巧合，成為孤泣的文字化妝師。

RONALD

學藝未精小伙子，竟卻有幸擔任孤泣小說的校對工作。可說是人生一大幸運的事。

多媒體與平面設計部：

阿鋒

平面設計師，孤泣愛好者。

由讀者搖身一變成為團隊成員之一，期望以自己的能力助孤泣一臂之力。

RICKY LEUNG

兜了一圈，原地做夢！感激孤泣賞識同時多謝工作室團隊，這團火燒到了我。創作人，路是難行但並不孤單。

阿祖

喜歡電影、漫畫、小說、創作，希望替孤泣塑造一個更立體的世界。

插畫部：

13

不善於用文字去表達心情，但喜歡以圖畫畫出一片天空，這片天空是無限大，同時存在了無限個可能。多謝孤泣給我機會發揮我自己，而孤泣的小說，是我的優質食糧。

宣傳部：

孤迷會

孤迷會 (Official)

FB：

https://www.facebook.com/lwoavieclub

IG: LWOAVIECLUB

法律顧問：

X 律師

當孤泣問我如何殺人不坐監、未來人受不受法律約束時，我決定成為他的顧問，律師費請匯入我戶口，哈哈。

孤泣作品
LWOAVIE
COLLECTION
05

Quotes from Lwoavie。2

字討苦吃
自ら求めて苦労をする
I Deserve It

作者：孤泣 ｜ 編輯：席 ｜ 設計：joe@purebookdesign ｜ 出版：孤出版　地址：新界荃灣灰窰角街 6 號 DAN6 20 樓 A 室 ｜ 發行：一代匯集　地址：九龍旺角塘尾道 64 號龍駒企業大廈 10 樓 B & D 室 ｜ 承印：美雅印刷製本有限公司　地址：九龍觀塘榮業街 6 號海濱工業大廈 4 樓 A 室 ｜ 出版日期：2019 年 7 月 ｜ ISBN 978-988-79447-4-4 ｜ 定價：港幣 $98

孤出版
WWW.LWOAVIE.COM